걱정보험
주식회사

차례

걱정보험 주식회사

프롤로그

우리 회사는 걱정보험 주식회사, 처음 들어보는 분들을 위해서 한마디로 멋지게 설명해 보자면 걱정이 있는 사람들이 안심을 살 수 있는 회사다. 만약에 걱정하던 것이 현실이 되어 조금이라도 손해가 발생하면 금전적으로 보상해 준다.

#1
사기꾼 사장

우리 사장은 사기꾼이다. 사기꾼 아니면 사업의 천재. 영업할 때 보면 '와, 이거 진짜 고소감인데'라고 생각할 때가 있지만 내 월급은 꼬박꼬박 주니까 그냥 넘어간다. 그것도 굉장히 많이 준다. 손님이 없어 둘이서 노가리 깔 때 간혹 '요 새끼 선 넘네?' 싶을 때가 있긴 한데, 그것도 애매하게 넘어서 뭐라고 하지는 못하고 있다. 좀 귀여운 구석도 있는 게 70년대생 사장은 나를 이해하려고 청소년 이해 관련 책을 읽고 있다. 내가 없을 때 혼자 읽고 있다가 내가 들어가자 후다닥 책상 서랍에 숨기는 걸 봤다. 배도 애 둘은 들어 있을 정도로 나와서 책상 서랍을 열 때마다 배에 걸리는 주제에. 사장은 귀여운 버릇도 많은데 대표적인 게 자기 입술을 빠는 행동이다. 코를 만지거나 머리를 빗거나 양말을 당기거나 옷을 당기거나 땀을 닦기도 한다. 그리고 대화할 때 내 눈을 보지도, 똑바로 앉아 있지도 못한다. 귀여운 놈. 나쁜 놈은 아닌데 굳이 표현하자면 이상한 놈이다. 진짜 이상한 놈.

내가 다니는 회사는 걱정보험 주식회사. 처음 들어보는 분들을 위해서 한마디로 멋지게 설명해 보자면 걱정이 있는 사람들이 안심을 살 수 있는 회사다. 만약에 걱정하던 것이 현실이 되어 조금이라도 손해가 발생하면, 우리 회사에서 금전적으로 전부 보상해 준다.

사업구조는 간단하다. 걱정을 많이 하는 사람들이 우리 회사에 일정 금액을 보험비로 적립하여 둔다. 가입 회원 누구의 걱정이라도 현실이 되면 손해 전부를 보상해 주는 보험이다. 걱정이 현실이 안 되면? 그냥 사장이랑 나랑 둘이 다 가진다. 우리는 돈을 벌어서 좋고, 사람들은 걱정이 보상되어서 좋다. 우리 회사는 은행처럼 이 돈으로 투자를 하거나 채권을 사거나 하지 않는다. 그냥 스테이크 사 먹고 팔보채 시켜 먹고 써버린다.

우리 회사는 한 번도 보상금을 지불해 본 적이 없다. 돈까지 내면서 걱정보험을 사는 사람들은 대게가 터무니없는 걱정을 하는 사람들이 많기 때문이다. 대부분 쓸데없는 걱정들인데 놀랍게도 가장 많은 걱정이 유명인들에 대한 걱정이다. 삐티에스부터 쁠랙핑클, 찌드레곤, 깡다니엘 등등 걱정 안 해도 잘 먹고 잘사는 연예인들 걱정은 왜 그렇게 하는지. 삼송 같은 재벌기업들 걱정하는 사람들도 있다. 반도체 경기가 안좋지 않냐. 공부 열심히 해서 월급 잘 받고 다니고 있는데 망하면 어떻게 하나. 다섯 살 때부터 일주일에 한 주씩 평생 삼송 주식을 사 모았는데 휴지 조각이 되면 어떻게 하나. 중국이 반도체 굴권가 굴비인가를 하고 있다나 뭐라나. 뭐 그런 걱정이다. 얘네들 절대로 안 망하고 안 굶어죽는다. 너네들 걱정부터 하라고 말해 주고 싶지만 참는다. 그리고 자기가 평생 모아 마련한 아파트가 무너지면, 대출받아 산 건물이 무너지면 어쩌나 하는 걱정을 하는 사람들도 많다. 대한민국에 얼마나 어처구니 없는 걱정을 하는 사람이 많은지 진짜 베스트 몇 개를 이제부터 소개해 보려고 한다. 지난달에 우리 회사 보험에 가입한 사람들 중 제일 쓸데없 는 역대급 베스트 걱정거리 몇 개다.

먼저 경기도 부평에 사는 23세 남성과의 상담 내용을 보자. 요놈은 머리가 너무 길어서 처음에 여자 고객인 줄 알았다.

"보시다시피 저는 여자 단발 정도로 머리 긴 남자인데요. 제 생각에 도 제가 엄청 예쁘장하게 생겨서 잘 어울리더라고요. 여자로 오해도 많 이 받고 제가 봐도 그냥 예쁜 여자 같아 보일 때가 많아요. 저도 제가 예 쁘장하게 생긴 걸 잘 알아서 제 외모에 엄청 만족하고 있고요."

미친놈. 모기 스프레이라도 뿌려서 확 쫓아버리고 싶었으나 참았다. 나는 태어나서 지금까지 한 번도 내 외모에 만족해 본 적이 없었다. 엄 마는 아기 때부터 지금까지 내 얼굴에서 예쁜 구석을 찾았지만 아직 못 찾았다고 한다.
나는 확 짜증이 나서 고객에게 대꾸했다.

"그런데요?"
"친구들이나 부모님이랑 같이 있을 때는 괜찮아요. 그런데 혼자만 되 면 너무 걱정이 돼요."
"네? 무슨 걱정이 된다는 거죠?" 나는 어이없다는 표정으로 남자를 올려다보았다.

"미리 말씀드리지만 일단 제 성정체성에는 전혀 문제가 없습니다. 저는 그냥 제 외모에 관심이 많은 남자 청년입니다."

"성정체성 얘기는 갑자기 왜 하시는 거예요?"

"그러니까 저는 트랜스젠더도 아니고 그런 게 절대로 아닙니다."

"그건 알겠고요. 걱정이 도대체 뭔데 여기까지 오셨나요?"

"제 얼굴이 이렇게 예뻐서 남자가 번호를 따려고 덤비면 어쩌지, 자꾸 이런 걱정이 듭니다."

이놈은 웃기게 남자다운 말투랍시고 계속 뭡니다, 뭡니다 거렸다.

"예?"

"이 정도면 거리에서 남자들한테 먹힐 만한 예쁘장한 얼굴이 아닌가? 이런 생각이 자꾸 듭니다. 또 생각에 생각이 꼬리를 물면 집 앞에 편의점도 혼자는 나갈 수가 없습니다. 제 친구 중에 공대 나와서 개발자 하는 친구가 있는데 '예뻐도 번호 한 번도 안 따일 수도 있고 평범해도 따일 수도 있지. 그리고 네가 아무리 예뻐도 성별이 남잔데 남자가 왜 니 번호를 따냐!'라고 말해 줬지만 안심이 되지 않습니다. 그 친구도 이렇게 말을 하면서 저를 은근히 쳐다보는데, 걔랑도 단둘이서 만나면 안 될 거 같습니다. 저 어떻게 하죠?"

어휴. 미친놈. 참 걱정도 프리미어급으로 한다는 말이 목구멍을 넘어오려고 했다. 나는 욕을 삼키려고 노력하다가 나도 모르게 한숨을 쉬고 말았다. 내 실수를 눈치챈 사장이 자기가 마무리하겠다는 사인을 보냈다.

"제가 너무 걱정이 많나요? 진짜 너무 걱정이 돼서 잠을 잘 수가 없어요."

우리는 그 23세의 머리 긴 남성을 시원한 냉커피 한 잔으로 진정시킨 후 보험 계약서를 작성했다. 남자인 사장과 마주 보고 앉더니 급격하게 불안해하기에 결국에는 내가 마무리했다.

"야, 너 머릿발이야. 자세히 보면 못생겼어"라는 말이 위액과 함께 울컥하고 목구멍까지 올라왔지만 참았다. 돈줄이니까.

두 번째 고객은 막 스무 살이 된 예쁜 언니였다. 이 여성은 머리를 빡빡 밀어도 예쁠 것 같았다. 진짜 미인이었다. 그 언니는 새 하얀색 원피스를 입고 하늘거리며 들어왔다. 우리 사무실 소파에 앉기만 해도 금세 때가 탈 거 같았다. 내가 입사하고 지금까지 한 번도 청소하는 걸 본 적이 없는 사무실이었다. 사장도 안 하는데 내가 왜 해? 내 업무에 청소는 포함되어 있지 않았다.

이 언니는 앉자마자 죽으면 지옥에 갈까 봐 너무 걱정된다며 30분 동안 계속 똑같은 얘기만 했다. 가만히 듣고 있던 우리 사장이 갑자기 벌떡 일어섰다. 차에도 염주를 걸어놓고 사무실 한구석에도 목탁을 진열해 놓은 사장의 입에서는 뜻밖의 말들이 튀어나왔다.

"천국은 마치 바다에 치고 각종 물고기를 모으는 그물과 같으니, 그물에 가득하매 물가로 끌어내고, 앉아서 좋은 것은 그릇에 담고 못된 것은 내어 버리느니라. 세상의 끝도 이러하리라. 천사들이 와서 의인 중에서 악인을 갈라내어 풀무불에 던져 넣으리니. 거기서 울며 이를 갊이 있으리라. 마가복음 13장 47절에서 50절까지의 말씀입니다. 믿습니까?"

성령의 말씀이었다. 사장은 누리끼리하고 거미줄이 눌어붙은 사무실 천장을 올려다보며 두 팔을 위로 뻗었다. 사장은 놀랍게도 마가복음 13장을 송두리째 외우고 있었다.

"네. 네. 성경에 쓰여 있는 말씀인데 물론 믿죠." 20세 여성은 토끼같이 눈을 동그랗게 뜨고 사장을 올려다보았다.

"사랑하는 자매여, 우리가 육신의 때를 위해, 미래의 영혼의 때를 위해 살 수 있는 것에 감사해야 합니다. 주님이 알게 하시고 믿게 하시고 소유케 하셨으니 감사해야 합니다. 믿습니까?"

"네. 물론. 물론 믿어요."

"사랑하는 우리 자매는 천사들이 의인과 악인을 갈라낼 때, 의인으로 선택되셔야 합니다. 절대로, 악인이 가는 풀무불 같은 지옥에 가면, 절대로 안 됩니다."

아까부터 계속 풀무불, 풀무불 하는데, 풀무불이 뭐지? 나는 인터넷에 검색을 해보았다. 풀무불은 순우리말로 풀무질하여 피운 불이라고 했다. 풀무질? 아씨. 이건 또 뭐지. 나만 모르나? 여기서 나만 무식

한가. 검색을 해보니, 어럽쇼. 풀무질이라는 카페에 풀무질 수학전문학원이 있질 않나. 풀무질 센터라는 화장품 가게에다가 제주 풀무질이라는 독립서점까지 있었다. 서울에서 제주도까지 나만 빼고 모두 풀무질의 의미에 대해 알고 있는 것 같았다. 결과적으로 풀무질은 풀무, 즉 불을 피울 때 바람을 일으키는 기구로 불붙이는 바람을 일으키는 일을 말한다고 한다. 아씨. 그냥 불 피운다고 하면 되지, 풀무질은 뭔 놈의 풀무질이야. 주의력 흩어지게.

"네. 저도 가기 싫어요. 풀무불이라니. 너무 끔찍해요." 내가 폭풍 검색을 하는 사이 이제 그 여자 손님은 벌게진 얼굴로 벌서는 것과 같이 떨면서 두 손을 들고 있었다.

"하루 두 시간씩 기도와 말씀 생활 실천하고, 성령이 충만해서 예수 피의 생명으로 구원하신 은혜 감사하며, 영광스러운 의인이 되어 저 천국에서 영원히 구원주 예수께 감사하며, 찬양하며 영원히, 영원히 행복하기를 소망합니다!"

"아. 주여." 그 하얀 원피스의 여자 손님은 마치 이미 구원을 받았다는 표정이었다. 얼굴이 발그레하게 상기된 채 사장을 우러러보고 있었다.

"로고스 박스로 전해주는 하나님의 말씀 잘 듣고, 큰 은혜 받아 기도와 회개로 성령 안에서 말씀 따라, 약속된 복을 영육 간에, 현재와 미래에 영원히 누리기를 기도합시다! 할렐루야!" 로고스 박스? 그 박스의 의미가 뭐건 간에 이제 안 중요하다고 나는 생각하기 시작했다. 다 넘어왔기 때문이다.

"할, 할렐루야."

"손을 자주 씻고 마스크를 꼭 하고, 외출과 모임을 삼가고, 삼 미터 안전거리 유지해서 코로나19로부터 교회 예배를 잘 지켜야 합니다. 가정과 이웃, 지역과 나라도 지켜야 합니다. 코로나19가 속히 종식되도록 기도를 쉬지 말아야 합니다."

사장은 그 와중에도 코로나 방역을 철저히 지키며 모든 시설을 운영하라는 정부의 방침을 잊지 않았다. 사장이 우리 회사 사장인지 교회 목사인지 헷갈리기 시작했다.

"네! 네! 물론이지요."

"주여, 우리 형제자매 중에 병든 자는 고쳐주시고, 생활고에 고통받는 자는 해결해 주시고, 불목으로 인해 불행한 자는 용서와 사랑으로 해결되게 하소서. 사업과 직장과 생업과 가사가 다 형통하게 하소서."

"오, 하느님!" 그 여자 손님은 번쩍 든 두 팔을 벌벌 떨며 손을 양옆으로 흔들고 있었다.

"저녁에도 기도와 말씀 절대 잊으면 안 됩니다. 그날의 영혼의 때를 위하여 말입니다. 사랑합니다. 자매여!"

"오, 신령과 축복이 함께하기를"이라는 말을 남기며, 그 여성은 매일 1회 1만 원 자동이체 버튼을 누르고 행복에 휩싸인 얼굴로 사무실을 나갔다. 그녀가 처음 들어왔을 때 보여줬던 걱정에 찬 얼굴은 온데간데없었다. 그래도 한 달이면 30만 원인데 너무 간단하게 계약하는 거 아니야, 라고 생각할 수 있다. 근데 차분히 계산해 보면 교회에서 십일조 하는 금액이랑 보험비랑 거의 비슷하다. 게다가 우리 회사는 일주일에 한

번 위안을 주는 교회와는 달리 1일 1회의 위안을 제공한다. 그것도 단돈
만 원으로.

#2
걱정보험 주식회사 경영전략

최근까지는 코로나 관련 걱정 계약이 많았다. 코로나 걸리면 다 물어 준다고? 이러다가 회사 망하는 거 아니야 라고 생각했는데 쓸데없는 걱정이었다. 사람들은 '코로나 걸릴까 봐 너무 걱정이 돼요'라고 계약을 맺고 집에서 나오지 않았다. 시간이 지나도 코로나에 걸리지 않자 안심하고 계약을 해지했다. 집에서 안 나왔으니 코로나 안 걸린 것은 당연하다. 사람들은 보험을 해지하자마자 밖으로 나다니더니 줄줄이 코로나에 걸렸다. 우리 회사는 매일매일 걱정보험금을 받으니까 사람들은 약간의 안도감만 가지면 바로 계약을 해지한다. 해지도 쉽다. 핸드폰 어플로 해지 버튼을 누르기만 하면 바로 해지다. 하루라도 입금이 안 들어오기만 해도 자동으로 계약 해지다. 지금까지 코로나에 걸렸다고 보험금을 타러 온 사람들은 하나같이 이미 계약을 해지했거나 자동이체를 취소한 사람들이었다. 보험계약을 해지한 후니까 당연히 보상금액도 없다.

보험 가입도 쉽다. 계약서 쓰고 그냥 은행 어플에서 우리 회사로 매일매일 만 원의 돈을 자동 입금하기만 하면 된다. 완전 사기 같지만 의외로 가입하려는 사람들이 많다. 나는 상담을 하다가 점심을 못 먹는 경우도 많고 심지어 밤에 너무 걱정이 되어 찾아왔다는 사람들 때문에 야근을 밥 먹듯이 하고 있다. 하지만 월급은 동종업계보다 두 배 넘게 꼬박꼬박 받고 있다. 발품 팔고 웃음 팔고 선물 주고 경조사까지 챙기는 보험왕들에 비하면 훨씬 편하다. 우리는 걱정하는 사람들이 자주 가는 인터넷 사이트에 광고를 올려놓기만 하면 된다. '어떻게 하죠?'라는 검색어만 넣어도 우리 회사 링크가 제일 먼저 튀어나온다. 못 믿겠으면 한번 해봐라. 어처구니없는 이야기 같지만, 사람들이 찾아오면 이야기 좀 들어주고 자동 입금 계좌만 알려주면 하루에 몇백씩 따박따박 박힌다.

사기 같지만 사기는 아니다. 우리 회사도 보험업법 제4조에 따른 허가를 받아 보험업을 경영하는 당당한 보험회사다. 보험업 제4조 3항 제3보험업의 보험종목 라항에 의거해서 금융위원회의 허가까지 받았다고 한다. 역사가 깊은 동아생명, 제일화재, 태평양생명, 현대생명 같은 대기업 계열 보험회사들도 2000년대 들어 줄줄이 퇴출됐다는데 우리 회사는 잘도 버티고 있다. 아니지. 점점 매출이 올라서 분점을 내야 하나, 하는 고민을 하고 있다. 진짜 세상에는 쓸데없는 걱정을 하는 사람들이 넘쳐난다.

사실 내가 이 사기꾼 같은 사장에게 걸려들게 된 것도 망할 걱정 하나 때문이었다. 내가 처음 걱정보험 주식회사에 발을 들이게 된 건 취업 목적이 아니었다. 나도 손님으로 온 거였다. 당시 나는 걱정 때문에 잠을 제대로 잘 수가 없었다. 한 달 정도 못 자니까 다양한 일들이 일어났다. 일단 피부가 나빠져서 화장이 잘 안 먹었다. 내가 또 피부에는 관심이 많아 전문가인데 피부의 수분량이 급속하게 떨어지고 각질이 발생하기 시작했다. 원래 탱글탱글했던 내 피부의 질감이라든가 윤기나 투명도, 탄력도까지 떨어졌다. 심지어 아직 10대 후반인데 주름까지 생기고 눈 밑의 밝기도 급격하게 어두워졌다.

불면은 생활에도 영향을 끼쳤는데 먼저 하루 종일 병든 닭마냥 꾸벅거렸다. 학교에서는 '지금 닭 모이 쪼냐?' '너는 하루 종일 일은 안 하고 책에 인사만 하고 있냐?'라고 담임이 매일 지랄이었다. 그 밖에도 다양한 일을 저질렀는데 선생님이 가르쳐주는 아주 쉬운 설명도 이해하기 힘들었고 학교에서 책을 어디 뒀는지 10분에 한 번씩 찾았다. 유치원생으로 돌아간 기분이었다. 일상생활에서도 병신 짓을 많이 했는데 영화 같은 건 다음 날로 예약하기 일쑤였다. 조조에는 영화 할인쿠폰 사용불가라는 것을 몇 번이나 까먹고 같은 직원이랑 똑같은 문제로 싸워서 심신미약 진상고객으로 블랙리스트에 올랐다. 또 감기나 가래, 인후염 같은 걸 달고 살았다. 잠이 보약이라는데 잠을 못 자게 되어 진짜 보약도 먹어봤으나 돈만 썼지 면역력은 전혀 올라가지 않았다. 결정 장애도 왔다. 자장면이냐 짬뽕이냐 하는 어려운 문제는 물론이거니와 한식이냐 양식이냐도 정하기 힘들었다.

진짜 신기한 걸 발견했는데 잠을 장기간 못 자면 시야가 위아래로 좁아져서 앞에 있는 사람의 전체 모습을 볼 수 없다는 사실이었다. 신기하게도 가까이 접근해 무릎까지 꿇어야 겨우 앞 사람이 무슨 신발을 신었는지 확인할 수 있었다. 또 항상 탄수화물이 당겼다. 밤에 자야 한다, 자야 한다 하다가 못 자고 라면 한 그릇의 유혹에 넘어가기 일쑤였다. 또 탄수화물이 들어가면 뇌가 활성화되어 똑같은 걱정에 온 에너지를 집중해 잠을 더 못 잤다. 이런 패턴이 매일 반복되었다.

시간이 좀 지나니까 눈의 초점이 흐려져서 휴대폰이 비스킷으로 보여 한입 베어 물었다가 앞니가 깨졌으며 책상이 침대로, 서류들이 이불로 보이는 현상이 발생했다. 처음에는 엄마한테만 예민하게 굴었는데 시간이 지나자 담임이건 교장이건 누구건 나를 건들기만 하면 바로 성난 멧돼지처럼 들이받았다. 급똥이 마려워 화장실을 가려다가 교장선생님 방이나 회의를 하고 있는 교직원 회의실에 들어가 똥 방귀를 뀐 적도 있다. 이를 본 담임이 항상 나를 따라다니면서 지적해 담임이랑 사이가 극도로 나빠졌다. 한 달 정도 지나자 학교에서 말을 해야 할 때 발음이 잘 안돼서 어버버거렸다. 인지력이 심하게 떨어져서 교장이랑 수위 아저씨랑 헷갈리기도 했다. 결국 내가 누구인지 학교 책상에서 뭘 해야 할지 옆자리에 앉은 친구한테 사사건건 물어봐야 할 지경이 되었다.

의심과 불안이 극대화되어 내 책상과 복도, 화장실 등 모든 곳에 나만 감시하는 카메라가 있다는 확신이 들 무렵 나는 자퇴를 결심했다. 자퇴 후의 미래가 걱정되어 밤에 라면을 하나 때리고 인터넷을 검색해 보았다. 부모님과 선생님 설득을 위해 자퇴계획서를 써야 한다고 했다. 아빠는 내가 어렸을 때 집을 나갔으니 그나마 설득할 사람이 한 명 줄어 다행이었다.

이유 1. 시간낭비. 아침 9시부터 5시까지 왜 내가 학교에서 시간을 낭비해야 하지?

이유 2. 에너지도 낭비. 마찬가지로 9시부터 5시까지 거의 하루 종일 인생 살아가는 데는 쓸데없는 공부나 내 인생에 필요 없는 사람들 때문에 에너지를 낭비해야 했다.

이유 3. 스트레스. 결론은 취업이었다.

등등의 이유를 가지고 담임과 면담을 시도했다. 근데 담임 이놈이 내가 꺼내놓는 이유를 듣기도 전에 마치 영화에서 나오듯 "너는 안 되겠다. 검정고시 봐라" 했다. "뭐가 안 되겠다는 거지, 이 새끼가" "니 정수리나 봐 임마, 니 탈모방지가 안 되고 있다, 이 새끼야"라고 말하고 싶었지만 마무리는 잘 하자 싶어서 "그건 잘 알고 있습니다, 선생님. 그동안 보살펴 주시고 감시, 아니 감사했습니다, 항상 잘 봐 주셔서"라며 훈훈하게 마무리했다. 똥 싸다가 중간에 끊은 것처럼 하지 못한 말이 있어서 찝찝하기는 했는데 뭐 결과적으로는 잘 됐다. 아침에 귀찮게 머리 감고 학교 같은 데 갈 필요가 없어졌으니.

그렇게 찾아간 곳이 바로 걱정보험 주식회사였다. 걱정 고민 검색을 하면 무조건 우리 회사의 광고 배너부터 나온다. 일단 엄마를 설득하려면 취업부터 해야 했다. 엄마는 아빠가 없어진 후에 하루도 쉬어본 적이 없으니까. 이게 다 내가 돈을 벌지는 않고 쓰기만 해서였다. 일단 미래나 여러 가지 걱정을 해결부터 하려고 갔는데 덜컥, 취업을 하고 말았다. 망할 놈의 사장에게 내 걱정을 털어놓았다가 약점이 잡혀서.

그래도 내 걱정은 건강이나 죽음에 대해 걱정하는 사람들에 비하면 아무것도 아니었다. 건강을 잃으면 모든 것을 잃는 거니까.

내가 입사하고 마주한 첫 번째 고객은 40킬로도 나가지 않을 것 같은 언니다. 팔뚝을 넘어 어깨에 이르는 상박까지 앙상했다. 딱 보기에도 사람들에게 잘 휘둘릴 것 같은 언니였다. 우리 사장은 이런 힘없고 자존감이 낮은 사람들을 다루는 데 특화된 인간이었다.

뼈만 앙상한 언니는 자기 손을 들어 올리는 것도 힘든지 탁자에 두 손을 손바닥이 보이는 채로 얹어 두었다. 탁자에 올려놓은 손바닥은 마치 개구리 두 마리가 새하얀 배를 까뒤집고 죽어 있는 것 같았다. 그러더니 파르르하게 떨리는 눈을 힘겹게 올려 뜨고는 자기가 우리를 찾아온 이유를 설명했다.

"원래는 이런 편도 아니었고 자잘하게 아픈 것도 그냥 병원 안 가고 넘길 정도였어요. 그런데 한 번 심장이 크게 아프고 나서 건강에 대한 걱정이 너무 커졌어요. 지나간 일에 대한 생각은 전혀 안 하는데 앞으로 다가올 미래에 대해서는 생각을 멈출 수가 없어요. '내가 다시 그렇게 아프면 어떡하지'라는 걱정을 제일 많이 하고, 머리나 손목 같은 데가 조금만 아파도 '이게 큰 병의 전조증상이면 어떡하지'라고 혼자 불안해해요. 죽음에 대한 불안도 부쩍 커진 거 같아요. 심장 관련 질환을 겪은 후다 보니 더 그런 것도 있고요. 엄마는 제가 쓸데없는 걱정을 너무 많이 한대요."

"건강에 관한 걱정이 너무 많아 힘드신 것 같군요."

이건 또 뭐지? 사장은 갑자기 정신과 의사나 되는 듯이 상담자의 말을 반복하는 경청법을 시전했다. 그러면서 한 2분 정도 딴생각을 하는 것 같더니 또 이렇게 덧붙이는 게 아닌가. 나중에 배우게 된 사실이지만 말을 잠시 멈추는 것도 다 영업 테크닉이었다.

"죄송해요. 아까 잠깐 말씀하셨던 고객님의 걱정거리에 대해서 생각하고 있었어요. 그런데 고객님이 걱정하는 내용에 대해 생각해 보니, 고객님께서 느꼈을 걱정이나 불안이 당연하다는 생각이 듭니다."

개소리. 같이 오래 지내다 보니 다 알게 되었다. 사장은 이 고객이 걱정을 얘기할 때 딴생각을 한 게 분명했다. 점심시간이 다가오고 있어서 자장면 시켜 먹을지 김치찌개 시켜 먹을지 생각했던 게 뻔하다. 근데 고객님의 걱정거리에 대해서 생각하고 있었다고? 내가 요런 놈들을 많이 만나봐서 아는데 상대방의 말에 관심이 없을 때 요놈들은 상대방의 눈을 보지 않는다. 눈은 거짓말을 못 한다. 나는 사장이 탁자 오른편에 놓여있는 배달음식 메뉴를 보고 있었던 걸 다 봤다. 그런데 아, 이 순진한 여자는 공감과 지지받는 감정을 느꼈는지 자기 분석을 하기 시작했다. 요것도 나중에 안 사실이지만 점쟁이들이 이런 기술로 찾아온 사람들의 사생활에 대해 맞춘다고 한다.

"네. 저는 원래 걱정이 많은 성향도 아니었어요. 근데 심장이 크게 아프고 나서 건강에 대한 염려가 생긴 것 같아요."
"원래 건강에 대해 크게 신경 쓰지 않았던 사람도, 한 번 건강에 이상신호가 오면 걱정을 하게 됩니다. 당연한 거예요. 건강을 걱정해서 나쁠 것도 없고요. 고객님뿐만 아니라 거의 대부분의 사람들이 고객님의 입장이라면 건강에 대해 더 예민해지고 신경을 쓸 것 같아요"라는 개뼈다귀 같은 소리를 하며 사장은 자신의 심장을 움켜잡고 미간을 찡그렸다. 사장의 얼굴에는 마치 자기가 심장병에 걸려서 당장이라도 병원에 달려

갈 것 같은 걱정이 떠올랐다. 그러자 아니나 다를까 그 힘없는 여자는 사장이 자기의 말을 감정으로 받아들여 이해했다고 생각하며 거의 울먹일 것 같은 표정이 되었다. 사장은 이 여성의 얼굴을 확인한 후에 마지막으로 카운터펀치를 날렸다.

"다만, 이러한 걱정이 일상생활에 과도하게 영향을 미쳐 불편함을 준다면, 변화가 필요할 것 같습니다. 그래서 고객님께서도 답답한 마음에 최후의 수단으로 저희를 찾아와 주셨을 것 같아요." 사장은 자기가 원하는 걸 바로 말하지 않고 마치 정신과 전문의 같은 조언을 늘어놓았다. 교활한 놈.

"앞으로 다가오지 않을 일에 대해 걱정을 하는 것이 스스로 생각했을 때도 불필요한 생각이라 느끼고 계신 만큼, 초점을 미래에 두지 마시고 현재로 옮기시는 노력이 필요할 것 같아요. 현재, 지금 여기에서 고객님께서 집중해야 할 일들과 미래의 건강한 모습을 위해 현재 노력해야 할 부분에 집중하는 겁니다."

현재 노력해야 할 부분이라니, 이건 분명 보험을 사라는 이야기로 이어질 것 같았다.

"그럼, 제가 할 수 있는 일이 뭐가 있을까요?"

거의 다 넘어가고 있었다.

"걱정이 많아 이런 실천적인 부분이 바로 실행되기 어려울 수 있으나 과한 걱정을 내려놓고, 작은 것부터 하나씩 실천하시길 권해드리고 싶어요."

작은 거라니 이것도 분명히 걱정보험 얘기다.

"어떤 게 있을까요?"

"걱정에 걱정을 하다 보면 부정적 감정에 휩싸일 수 있죠. 생각이나 행동의 전환을 하는 것 자체로 걱정이 과도하게 흘러가는 것을 막을 수 있습니다. 가벼운 신체적 활동부터 시작해서 현재 즐길 수 있는 취미활동으로 그 영역을 늘려나가셨으면 좋겠습니다. 현재, 즉 지금 누리고 즐겁게 할 수 있는 일에 몰두하는 것이 미래에 대한 걱정이나 불안을 내려놓을 수 있는 좋은 방법이거든요. 주위의 도움을 받아 친구나 가족과 즐거운 활동들을 함께 하시길 바랍니다. 주위에 가까운 사람들에게 도움을 요청한다면 기꺼이 고객님과 함께 해주실 거라 생각해요."

사장은 바로 보험을 사라는 이야기는 하지 않고 고객이 선택할 수 없는 다른 선택지부터 던졌다. 사람들은 나쁜 선택지와 덜 나쁜 선택지가 주어지면 항상 덜 나쁜 선택지를 선택한다. 인간은 선택지가 몇 가지만 주어지면 판 자체를 깨고 다른 더 좋은 방안을 생각하기 힘들다. 사장은 이 사실을 너무나 잘 알고 있었다.

"제가 혼자 서울에 올라와서 일하거든요. 부모님이랑 친구들은 다 시골에 있어서요." 이게 나한테도 써먹은 수법인데 상담을 시작하자마자 기본적인 인적사항에 대한 질문이랍시고 고향이나 직장 위치 같은 걸 두루뭉술하게 묻는다. 보통의 사람들이 정확한 고향 주소나 직장 위치는 알려주는 걸 꺼려도 고향이 광주라든가 지금 일하는 데가 강남이라든가 하는 일반적인 지역 얘기는 쉽게 한다. 사장은 사투리 억양이 있는 여성이 가족이나 친구와 떨어져 혼자 살고 있다는 사실을 알고서 친구나 가족과 같이 취미활동을 하며 극복하라고 말한 것이다.

"아, 그러세요? 타지에서 홀로 그 걱정과 두려움을 이겨내느라 얼마나 힘드실까. 하지만 걱정 마세요. 저희 걱정보험 주식회사가 함께 합니다. 고객님은 혼자가 아니세요. 고객님과 비슷한 상황에 처한 많은 고객님들이 이미 저희와 함께하고 있습니다. 저희는 평생 고객님과 함께할 준비가 되어 있습니다."

평생 함께할 준비가 아니라 평생 매일 만 원씩 받을 준비가 된 거겠지. 말은 똑바로 해야지. 그러면서 사장은 1만 원 자동이체 방법을 자세하게 알려주었다. 그 여자가 손을 사시나무 떨듯 떨면서 몇 번 자동이체 거는 걸 실패하자 손수 핸드폰 조작까지 도와주면서 매일 1만 원 자동이체를 성사시켰다. "이거 보세요. 저희는 모든 일을 함께합니다"라는 강아지 풀 뜯어 먹는 소리까지 추가하면서.

나도 이 언니와 마찬가지로 사장의 개소리에 넘어간 케이스다. 이 언니는 매일 만 원씩 돈만 내면 되지만 나는 하루 거의 온종일을 사장과 붙어 지내야 한다. 걱정보험 주식회사를 찾았을 당시 나는 불면에 의한 불안 증세로 몸 이곳저곳이 다 아픈 상태였다. 그때 나에게 사장은 내 마음을 다 이해해 주는 친구, 나아가 정신과 의사, 아니 설교만 듣고 있어도 회개가 절로 되는 교회 목사 같은 존재였다. 사장은 나에게도 이렇게 말해 주었다.

"원치 않는 불안한 생각과 신체적인 증상 때문에 많이 힘드실 것 같습니다. 불안장애는 공황장애, 강박증, 사회공포증 등을 포함하는 상위 개념의 질환으로, 머리로는 아무 일도 아니라고 생각하지만, 뚜렷한 이유 없이 지나친 걱정과 불안에 휩싸이고 이로 인해 신체적인 반응이 동반되는 질환입니다."

병원에서도 진단을 내리지 못하는 내 증상을 사장은 정확히 진단 내려주었다. 나 자신이 이상한 게 아니고 다 병 때문이라는 말은, 정확하게 내가 듣고 싶었던 말이었다.

"불안장애를 호소하는 분들은 매 순간순간 많은 걱정과 불안으로 힘들어하십니다. 원치 않는 불안한 생각과 걱정이 지속되고 이 때문에 일상생활에 지장을 받게 되지요." 사장은 당시 나에게 닥친 상황을 마치 본 것과 같이 훤히 알고 있었다.

"불안장애의 치료는 원인과 유형에 따른 맞춤치료가 필수입니다. 불안장애가 유발된 원인이 심리사회적 원인 때문인지 신경학적인 이유 때문인지 혹은 두뇌 기능적 원인 때문인지 등에 따라 환자의 병증과 증상에 맞는 치료를 하게 됩니다. 양방에서는 자신의 의지와는 무관하게 어떤 생각이 계속 반복되면서, 본인도 그것이 불합리하다는 것을 알고 있지만 어쩔 방법이 없어 불안을 느끼는 경우를 강박불안장애라고 합니다. 한방에서는 심신의 약화를 이유로 보는데, 불안장애 치료는 크게 한약치료, 두뇌훈련 그리고 심리상담으로 이루어집니다. 약물을 사용하여 불안반응을 강제적이고 일시적으로만 억제시키는 것이 아니라 균형이 깨진 뇌기능과 신경계를 자연스럽게 회복하도록 돕고 스스로 외부자극에 대한 민감도를 조절하는 힘을 기르는 치료를 진행합니다."

사장은 양방, 한방 등 모든 의학에 정통한 신화에나 나오는 의사 같았다.

"아. 병인 건가요?"

"양방학의 관점으로 보자면 우선적으로는 강박불안장애를 생각해 볼 수 있고, 여러 요인을 고려해서 상담을 진행하게 됩니다. 필요하다면 약물 치료를 할 수도 있습니다. 돈이 들지요. 아주 많이 들지요"라며 돈이 별로 없는 내 상황을 어떻게 알았는지 겁을 줬다.

나는 병원을 무서워했다. 알약이 목구멍으로 들어가는 것이 첫 경험하는 것만큼이나 겁나고 병원에 들어가면 죽어서 나오는 줄로만 알고 살았다. 실업급여를 받고 있던 나에게 병원비는 우리 집의 기둥을 몇 개나 뽑아야 하는 암 치료비 같아 보였다. 그래서 하루에 만 원만 내면 되는 걱정보험비가 싸게 보였던 것도 사실이다. 지금 생각해 보면 다 속았다는 느낌이다. 내가 지금 그걸 팔고 있지만.

"한방에서는 개별증상과 변증에 따라 맞춤 한약을 처방하며, 두뇌훈

련과 인지행동치료 및 신체반응 완화를 위한 침 치료를 병행하여 치료합니다. 한방치료도 돈이 들지요. 이것도 많이 듭니다."

사장은 그 불쌍한 여성 고객에게도 겁을 줬다.

"아, 정말이요?"

"정신건강의학과를 찾아가면 환자가 가지고 있는 인지 왜곡의 수정을 통한 생각 습관의 교정을 위해 심리상담을 시행하게 됩니다. 돈이 많이 들지요. 정신건강의학과는 비용이 아주 많이 듭니다. 거의 장마철 비 오듯이 후드득 떨어집니다. 비용만이 문제가 아니죠. 심해지면 정신병원에 끌려가서 강제 수용될지도 모릅니다. 대한민국에서 한 해에 정신병원에 수용되는 환자 수가 몇 명인지 아십니까? 자그마치 6만 5,000명입니다, 6만 5,000명! 그런데 한 해에 퇴원하는 사람은 몇 명인지 아십니까? 놀라지 마세요. 단지 두 명에서 300명에 지나지 않습니다. 6만 5,000명이나 들어가는데 어떤 해는 두 명밖에 퇴원하지 못한다고요. 이게 무슨 의미인지는 끔찍하니까 더 말씀드리지는 않겠습니다."

여기까지였다. 그 불쌍한 여자가 생각할 수 있는 양방, 한방, 정신과 치료까지 모두 예상 비용이나 치료법을 설명해 놓고, 마지막으로 정신병원 강제수용 이야기로 걱정과 불안, 두려움을 최대한으로 극대화시켰다. 입원환자 수와 퇴원환자 수는 간단한 숫자의 왜곡이다. 한 해에 6만 5,000명이 들어갔다고 그 해에 반드시 6만 5,000명이 퇴원해야 하는 건 아니다. 사장은 드디어 카운터펀치를 날렸다.

"불안장애는 꾸준한 인지 개선으로 얼마든지 호전될 수 있는 질환입니다. 불안의 시작이 되는 걱정을 남에게 줘버리면 됩니다. 너무 걱정하지 마시고 저희 걱정보험 주식회사와 계약 후 걱정을 저희에게 주시기 바랍니다. 걱정은 저희가 합니다."

다행히도 이 여자는 돈만 내는 것으로 사장의 손아귀에서 벗어났다. 나는 조용히 불쌍한 여자의 무릎 위에 계약서를 올려 주었다. 언니의 앙상한 다리는 계약서 한 장만으로도 다 덮일 정도로 빈약했다. 걱정보험 계약서는 언니의 무릎 위에서 파리하게 떨리고 있었다.

#3
카이스트 출신 엘리트의 걱정

다음에 찾아온 고객은 대한민국을 먹여 살리는 기업 삼송을 다니는 회사원이었다. 우리가 이력이나 직장을 두루뭉술하게 물었는데 삼송이라고 바로 대답하는 걸 보니 1등 기업인 삼송이 분명했다.

이 남자는 얼굴에 병, 몸에는 약이라는 두 글자가 선명하게 새겨져 있었다. 내가 외모 평가는 진짜 안 하는데 약한 남자는 질색이다. 진짜 파리한 얼굴이라는 단어가 이렇게 적절하게 쓰일 수 있는 남자는 드물 것이다. 인터넷을 검색해 보면 '파리하다'는 말은 몸이 마르고 낯빛이나 살색에 핏기가 전혀 없는 모습이라고 나오는데 이 남자가 딱 그랬다. 얼굴은 물론 몸 전체가 새하얘서 도대체 피가 돌고는 있는지, 아니 몸속에 피가 있기라도 한 건지 궁금할 정도였다. 우리도 일단 보험회사라 가입자의 병력이나 몸 상태 같은 부분을 기입하게 되어 있다. 병력란에 특별한 병은 없다고 적혀 있었다. 하지만 다른 사항이 내 안구를 사로잡았다. 카이스트. 과학 인재 양성과 국가 정책으로 추진하는 과학기술

연구 수행을 위해 설립된 대한민국의 국립 특수대학교. 대한민국에서 수학·과학 잘하는 사람들 중에서도 천재들만 모아놨다는 그 전설의 집단이었다.

"예를 들어서 공식 홈페이지에서 보낸 인증메일도 공식 홈페이지에서 보낸 걸 알고 있지만 계속 클릭 잘못했다가 해킹당하면 어떡하지? 이런 정말 쓸데없는 걱정을 합니다."

"예? 그런 거 막 코딩하고 그래서 조작하고 하실 수 있지 않나요?" 내가 물었다.

"예?"

"카이스트 나오신 거 아닌가요?"

"그렇긴 한데, 그건 못하죠. 그것만이 아니에요. 건강 걱정부터 자다가 못 일어나면 어떡하지 이런 걱정들. 택배 오면 물건에 병균 있을까 봐 걱정되고요."

"에이, 카이스트 나오신 분이 그런 거 걱정하신다고요?"

"그래서 그게 문제에요!" 남자는 이렇게 말하면서 탁자에 손바닥을 내리쳤다.

"아이고, 깜짝이야."

"일단 제가 학교를 다니고 있을 때는 몰랐는데요."

"예? 뭘 몰라요?"

"같은 카이스트 애들끼리 몰려다닐 때는 몰랐는데요. 졸업해서 사회로 나오니까 사람들이 다 저를 이상하게 생각하더라고요."

"네? 어떻게요?"

"일단 회사나 뭐 그런 데서 '어느 학교 나오셨는데요?'라고 물어볼 때 카이스트라고 했다가는 진짜 큰일 나거든요."

"그게 무슨 말씀이세요?"

나 같은 검정고시 출신은 이해할 수 없는 부분이었다. 내가 만약에 카이스트를 나왔으면 죽을 때까지 대학교 잠바를 입고 다닐 거다. 뒤에 커다랗게 하얀색 실로 자수를 뜬 카이스트 글자를 매일매일 자기 전에 손세탁해서 하얗게 광내고 다닐 텐데.

"온갖 편견이 다 나오고요."

"편견이요?"

"네. 카이스튼데 이것도 못 하냐? 이런 말만 들으면 다행이지. 심지어 학교 다닐 때 찐따 아니었냐? 사회성 떨어지지? 친구 없지? 등등 말도 못 해요."

"아, 그렇구나."

"그래서 어디 가서든, 미팅 자리에 가서도 학교 얘기가 나오면 그냥 대전에 있는 지방대 나왔다고 해요. 그리고 아, 저는 '공부는 그냥 열심히는 했어요'라고 덧붙인답니다."

"진짜요?"

"말도 못 해요. 친구들이나 친척들이나 자잘한 돈 계산 같은 거는 계산기 안 쓰고 다 저한테 물어보는데요. 제가 10원이라도 틀리면 뭐라고 하는지 아세요?"

"뭐라고 하는데요?"

"너 카이스트 나왔잖아."

"와."

"심지어 화장실에 불이 안 켜질 때, 컴퓨터 부팅 안 될 때도 저한테 묻는데요. 제가 못 고친다고 하면 뭐라고 하는 줄 아세요?"

"혹시 카이스트 나왔는데 그것도 못 하냐고?"

"맞아요. 너 카이스트 나왔잖아. 이것도 못 해?"

"진짜요?"

"그렇다니까요. 그리고 저는 장난도 못 쳐요."

"왜요?"

"아무도 안 웃어주거든요."

"왜요?"

"카이스트 나온 사람이 한 말이니 아무리 개소리 같아도 분명히 과학적 근거가 있다고 생각하고 다들 사실로 받아들이거든요."

"진짜요?"

"네. 농담을 해도, 거짓말을 해도 다들 '아, 그렇구나' 하는 반응이에요."

"와."

"그러니 제가 정상적으로 생활할 수 있겠어요?"

그때 책상 저 너머에서 사장의 목소리가 들려왔다. 동굴 깊은 곳에서 울려 퍼지는 듯한 깊은 울림을 가진 소리였다. 역시나 내 예상대로 사장은 끼어들 타이밍을 노리고 있었던 것이다. 곧 사장의 영업이 시작되었다.

"고객님은 아주 상황을 잘 파악하고 계시네요. 주변인들의 편견과 질

시가 고객님의 걱정으로 연결되는 것이네요."

사장은 먼저 칭찬을 했다. 그리고 바로 특기인 공감하며 자기 생각으로 끌어들이기가 나왔다. 보통 우리는 친구가 걱정을 하거나 불평을 하면 '너는 잘못한 거 없어'라며 어쭙잖은 위로를 하려고 하거나 '참 안됐다'라며 영혼 없는 동정하기를 시전한다. 반대의 경우는 '언제부터 그랬는데?' '왜 그랬는데?'라며 신문을 하기도 하고 '그건 네가 잘못 생각하고 있는 거야'라며 상대의 생각을 바로잡으려고 든다. '내 생각에는 이렇게 해야 해'라는 어설픈 조언을 하거나 아니면 '그건 아무것도 아니야. 나는 말이지'라며 한술 더 떠 자기 이야기를 늘어놓기도 한다. 아니면 '그건 좋은 경험이 될 테니까 거기서 어떤 것을 배워'라며 가르치려 든다. 더 극단적인 경우는 그만하고 기운 내라며 말을 끊어버리거나 '그 말 들으니까 말인데'라며 자기가 재미있다고 생각하는 다른 이야기를 꺼내기도 한다. 이건 우리가 상대방의 문제를 해결해 주거나 다른 사람의 기분을 더 좋게 해주어야 한다는 강박이 있어서인데 대부분의 경우 그런 반응은 역효과를 낸다.

하지만 사장은 잘 들어준다. 상대의 말을 반복하고 공감하며 경청을 하는 것 같지만 교묘하게 남의 생각을 자기가 앞으로 설득할 내용으로 바꾸어 반복한다. 그러니까 사장은 처음부터 고객의 문제를 들어줄 생각도, 해결해 줄 생각도 없는 것이다. 상대의 기분을 좋기는커녕 더 불안하게 만들어 보험을 팔 생각을 하니 역으로 효과 만점의 상담사 역할까지 할 수 있는 것이다. 상대의 감정에 전혀 공감을 안 하기 때문에 상담이 오히려 더 설득력을 얻는 것이다. 자신이나 가족의 문제는 쉽게 답이 보이지 않지만 자신과 아무런 상관이 없는 타인의 문제는 답이 빤히 보이는 이치와도 같다.

"네. 그런 거 같아요. 그런 사람들의 태도 때문에 강박이 생긴 거 같아요. 뭘 만져도 항상 손을 씻어야 하고 비염 때문에 목이 아프면 코로나면 어떡하지, 하는 불안과 걱정까지……. 요즘 정신적으로 너무 힘든데 병원 가봐야 할까요?"

"아니요. 병원에 가는 건 너무 오버인 거 같습니다. 그리고 병원에 다닌다면 또 사람들이 카이스트 운운하면서 비난하겠죠."

"네, 맞아요. 공부만 해서 대인관계에 문제가 생겼다. 역시 천재들은 정신에 문제가 있다. 또 그러겠죠."

이 '공부만 해서 대인관계에 문제가 생겼다. 역시 천재들은 정신에 문제가 있다'라는 말을 사장과 그 파리한 남자는 동시에 말했다. 마치 테너와 베이스가 합창을 하는 것 같았다. 그러면서 서로 쳐다보며 씨―익 웃었다. 드디어 사인의 시간이 찾아왔다.

"시간 지나면 괜찮아질까요? 선생님?" 마치 의사 선생님을 대하는 태도로 파리한 남자는 물었다.

"네. 물론입니다. 저희만 믿으세요. 고객님은 시간이 지나면 완벽하게 정상으로 돌아오실 겁니다."

그렇겠지. 매일매일 만 원씩 생돈 쏟아부으며 월급이 줄줄 새어나가면 어떻게라도 정상으로 돌아가고 싶어지니까.

"차츰 나아지지만 가끔 건강에 적신호가 올 수도 있습니다. 순간적으로 답답해지고 두근거릴 수도 있는데 그럴 때는 언제든지 연락 주세요. 저희가 함께합니다." 사장은 사인할 펜과 계약서를 건네면서 이렇게 말했다.

인간이 공감과 위안을 느끼는 이유는 바로 누군가와 함께하고 있고, 그게 걱정이 되었든 비밀이 되었든 무언가를 누군가와 공유하고 있다는 사실 때문이다. 사장은 그 사실을 정말 잘 알고 있고 십분 이용하고 있었다. 이 점이 내가 사장을 떠나지 못하는 이유이기도 했다. 공감은 같이하는 것이고 이해나 동정은 멀찍이 떨어져서 하는 것이다. 사람들은 이 둘의 차이를 잘 모른다. 우리는 고객이 겪는 고통과 함께 있어 준다는 이유로 돈을 받는 것이었고, 우리에게 걱정을 넘겨 버렸다는 말을 철석같이 믿는 사람들은 기꺼이 매일매일 만 원을 지불하고 있었다.

#4

중2 여자애의 임신 걱정

진짜 요상한 꼬맹이 고객도 있었다. 나는 이 고객을 통해 요즘 세상이 진짜 미쳐 돌아가고 있다는 사실을 알 수 있었다. 인터넷에 분노의 포르노가 범람하고 야동이라는 단어를 중학생도 아무렇지도 않게 쓴다고 하더니 진짜 사실이었다.

이제 막 여드름이 나기 시작한 여자아이였다. 옆 가르마를 깊이 타고 귀 위쪽으로 머리핀을 꽂아 교묘하게 이마 여드름을 감추고 있었다. 10대답게 풍성한 앞머리를 2대8로 나누어 옆으로 넘긴 뒤에 보라색의 하트 머리핀으로 고정해 깻잎 머리를 완성한 모습이었다. 요즘은 중학생도 화장을 하는지 살짝 뺀 아이라인 위에 흑갈색의 섀도로 덧칠했다. 볼에는 살구색 블러셔를 발라 귀여움을 더했다.

"어떻게 오셨어요?" 나는 최대한 친절하게 그 여자아이를 맞이했다.
"그냥요."

"예?"

깻잎머리 여자아이는 무적의 중2 태도로 무장하고 어른들을 대하는 타입이었다. 아직 세상이 어떤 곳인지 탐험하고 있는 주제에 마치 세상을 다 안다는 태도였다. 그 나이대의 순진하지만 자신이 순진하다는 사실을 절대 들키기 싫어하는 여자애들에게 흔히 볼 수 있는 태도였다. 나는 최대한 인내심을 발휘했다. 나도 한때는 저런 적이 있었으니까. 내 예감에 이건 남자애와 관련된 고민임이 틀림없었다.

"그럼, 거기 앉아 계세요."

나는 테이블에 사과주스를 하나 올려놓고 마치 그 여자아이가 없는 것처럼 행동했다. 눈치 빠른 사장도 내 전략에 동조해 주었다. 책상에 발을 올려놓고 사적인 통화를 하고 가끔 머리를 긁적거리고 나에게 점심으로 뭐 먹을지 토론을 시도했다. 여자아이는 주스 병에 쓰인 사과라는 단어만 만지작거리고 있었다. 우리가 한참 한식이냐 중식이냐를 놓고 언성을 높이고 있을 때였다.

"저는 중2고 고등학교 2학년 오빠가 있는데요." 드디어 그 여자아이가 입을 열었다. 우리는 무심한 척했지만, 여자아이의 말에 귀를 기울였다.
"제가 학교 끝나고 옷 갈아입고 학원 가려고 할 때였어요. 거실에서 속바지 벗고 반바지로 갈아입었는데요."

그 여자아이는 아줌마들이나 할머니들의 대화법을 사용하고 있었다. 뜸을 들이며 말하는 법을 알고 있었다. 우리는 여자아이와 떨어져 앉아 있었지만, 여자아이의 다음 말이 궁금해 몸이 달아올랐다.

"오빠가 제가 옷 갈아입는 걸 계속 쳐다보는 거예요."

"그, 그래서요."

뭔가 막장 TV 프로그램에 나오는 외국의 가족 스토리면 어떡하지, 걱정되었다. 나는 더 이상 참지 못하고 이야기를 재촉했다. 여자아이는 계속 사과주스를 만지작거리다 조용히 이야기를 이어 나갔다.

"제가 너무 생각이 없었어요. 지금 생각해 보면 그때 왜 거실에서 옷 갈아입었지, 이런 생각이 들고."

"네? 도대체 무슨 일이 있었던 거예요?" 나는 평정심을 잃고 그 아이의 앞에 앉아 손을 꼭 잡아주었다. 여자아이는 내 눈을 바라보지도 못하고 고개를 푹 숙였다.

"……."

"걱정하지 말고 언니한테 털어놔 봐요. 우리가 괜히 걱정보험 주식회사를 운영하는 게 아니에요. 고객님을 괴롭히는 걱정거리는 오늘 전부 털어놓으셔야 해요."

"오빠가 저한테 무슨 끈적한 액체 같은 걸 뿌린 거예요."

"네? 끈적끈적한 액체요?"

"네. 그게 물이 아닌 거 같은 게. 그게 끈적끈적했어요. 색깔도 뿌옜고."

"네? 끈적끈적했다고요?"

"네. 만약에 그거면 어떡하죠?"

"그거라뇨?"

"정액 뿌렸을까 봐. 만약 정액 뿌렸다면 저 임신하면 어떡해요?"

나는 열다섯 살 때 정액이란 말을 몰랐던 것 같은데. 정액이나 임신 같은 단어들이 열다섯 살짜리 여자애의 입에서 마구 튀어나왔다. 마치 라면의 면을 넣기 전에 물을 붓고 스프를 넣는 것을 설명하는 것처럼 줄줄 흘러나왔다.

"네?"

나는 너무 어이가 없었다. 나는 그 자리에서 웃을 수도 없고 해서 사장을 쳐다봤다. 아니나 다를까 이놈의 사장이 요건 기회다, 하며 우리 쪽으로 다가오고 있었다. 내가 그건 진짜 쓸데없는 걱정이라고 아이를 보내려고 하는데, 사장은 살만 빵빵하게 오른 엉덩이로 나를 옆으로 밀쳤다.

여자애는 말을 계속했다.

"제가 인터넷에서 다 찾아봤거든요. 근데 진짜 정액 뿌려도 임신 안 된다고 해도 자꾸 제 몸에 남아 있을 거 같고. 계속 남아 있다가 언젠가 임신할 거 같고. 그래서 학교에서도 친구들이 저한테 정액 냄새난다고 놀릴 것 같고. 저도 제가 좀 이상하다고 생각해요. 저도 고치고 싶어요.

맨날 쓸데없는 걱정만 많아서.”

여기서 사장이 끼어들었다.

“아닙니다. 전혀 이상하지 않아요. 지극히 논리적이고 정상적입니다. 전혀 근거 없는 이야기는 아니에요. 손에 묻은 정자에 의해서도 임신될 가능성이 충분히 있어요. 정자는 공기 노출로 바로 죽지는 않아요.”

와, 이 새끼가 중학교 2학년 아이 앞에 두고 무슨 말을 하는 거야, 라고 나는 소리를 칠 뻔했다.

“아, 정말이요?”

여자아이는 얼굴을 들었다. 살구색으로 달아오른 볼 위에 있는 놀란 눈 사이에는 미간이 일자로 구겨져 있었다. 사장을 올려다보는 아이의 얼굴은 열다섯 살짜리 여자아이가 성에 대해 가질 수 있는 근거 없는 불안과 과도한 흥분에 휩싸여 있었다.

“그럼요. 임신은 여자의 인생에 아주 큰 사건입니다. 작은 디테일까지도 걱정하는 게 당연해요.”
“정말이요?”
“물론이지요. 다른 생명이 생긴다는 건 정말 큰 일이에요. 그리고 다른 생명을 평생 보살펴야 한다는 것도 엄청난 책임감이고요. 걱정하시는 게 당연해요. 그리고 상대가 친오빠라면 진짜 더 큰 일이고요."

사장은 진지했다.

나는 이 어이없는 답변을 막으려고 끼어들기를 시도했다. 사장은 그 살집이 뒤룩뒤룩 붙은 엉덩이를 양옆으로 흔들어 다시 나를 쫓아냈다. 나는 구석에서 커피 타는 척을 하며 두 사람의 대화에 집중했다. 사장은 마치 산부인과 의사라도 되는 양 말을 이어 나갔다.

"임신을 피하려는 사람에게 정자가 얼마나 오래 살 수 있는지는 아주 중요한 문제입니다. 절대로 임신만은 피해야 하죠?"

"네, 물론이에요. 저 엄마한테 맞아 죽어요."

"일단 정자는 공기 중이나 옷, 침대, 피부 등에 묻으면 정액이 마를 때까지만 살 수 있고 마르면 바로 죽게 됩니다."

"아, 그래요?"

"네. 하지만 공기 중이 아니라면 이야기가 달라집니다. 물이 있는 곳은 위험해요. 액체를 뿌린 곳이 어디라고 했죠? 항상 살균을 하는 곳인가요?"

"네? 아니요."

"항상 살균을 하는 수영장 같은 곳에서는 정액이 물을 타고 이동하더라도 수초 안에 바로 죽습니다. 이게 넓은 수영장에서 변태 같은 놈들이 오줌을 싸든 사정을 하든 절대로 임신이 안 되는 이유지요."

"아, 진짜 수영장에서 임신됐다는 사람 이야기는 들어본 적이 없어요."

여자아이의 표정이 밝아졌다.

"하지만 집에 있는 미지근한 욕탕 물이나 따뜻하고 습기가 많은 곳에서는 좀 더 살 수 있습니다."

이게 사장의 특기였다. 사장은 일단 듣는 사람이 바로 이해되는 안 좋은 사례를 제공해서 고객이 더 걱정하게 만들었다.

"정말이요?"
"욕실 주변이 위험하죠. 미지근한 욕탕 물이나 따뜻하고 습기가 많은 곳에서는 정자들이 좀 더 오래 살 수 있지요."

사장은 여자아이의 불안을 더욱더 고조시켰다.

"아, 정말요? 그럼 어떻게 하죠?"

이제 여자아이는 사장의 전문지식을 신뢰하기 시작했다. 이때 어디서 주워들었는지 모를 전문지식이 사장의 입에서 마구 튀어나오기 시작했다.

"그럼, 정자가 실제 여성의 몸 안에 들어갔다고 하면 또 얼마나 살까요? 정자의 수명에 가장 중요한 역할을 하는 것은 자궁의 점막에서 분비되는 점액의 질입니다. 이 점액이 정자에 최적의 영양분과 환경을 제공한다면 최대 5일까지 살 수 있지만 보통은 2, 3일 정도 생존할 수 있습니다."

"네? 5일이나요?" 이 여자아이는 정액이 질에 닿지도 않았다는 사실은 벌써 잊어버리고 2나 3, 5라는 객관적 숫자에 빠져들었다.

"네. 점액의 질이 좋을수록 임신의 확률은 높아지게 됩니다. 혹시 고객님 올해 나이가 어떻게 되시죠?"

사장은 마치 애를 한둘은 낳아본 30, 40대 여성을 대하는 말투로 물었다.

"저요? 저 열다섯 살인데요."

여자아이는 자신의 나이에 대해서 조금의 불안과 약간의 자부심을 가진 목소리로 대답했다.

"건강에 문제는 없으시죠?"
"네. 별다른 문제는 없는데."
"그럼, 점액의 질은 최상일 겁니다."
"네? 정액에다가 질까지 최상이라고요?"

그 여자아이는 눈을 동그랗게 떴다.

"아니요. 정액이 아니라 점액이요, 점액. 오빠 거가 아니라 고객님 거요. 그리고 여성 성기 안에 있는 질이 아니라 품질 할 때 질이요. 고객님의 신체에서 분비되는 점액의 질이 건강하단 말씀이세요."

와, 진짜 이 새끼가 열다섯 살짜리 여자애 데리고 무슨 얘기까지 하는 거지? 나는 어이가 없었다.

"아. 정말이요?" 여자아이는 자신의 질이 최상의 상태라는 데 대한 안도감, 자부심, 그리고 최고조로 오른 불안감이 섞인 복잡한 표정을 하고 있었다. 나는 지금 이런 대화를 열다섯 살짜리 여자애랑 하는 것이 맞나 해서 죄책감을 느꼈다.
"정자는 5일 동안, 난자는 1일 동안 살 수 있기 때문에 임신이 가능한 시기는 배란 전 5일부터 배란 후 1일까지입니다. 만약 생리주기가 정확하다면 배란일은 생리 예정일 14일 전으로 보시면 됩니다."
"응……."

그 여자아이는 사장의 전문적인 계산법을 듣더니 작고 통통한 손가락을 꼽아가며 계산을 하기 시작했다.

"오빠가 장난이 심하나요?"

사장은 여자아이가 스스로 계산할 시간을 주지 않고 바로 말을 이어갔다. 이제 드디어 돈을 뜯을 순간이 다가오고 있었다.

"네. 진짜 엄청 문제아예요."

"이런 말 하기는 조심스러운데 그런 성적인 짓도 많이 하고요?"

"네. 아휴, 오빠가 쓰레기니까 제가 이런 걱정하는 거 아니에요. 요즘 청소년들 진짜 문제라니까요. 컴퓨터에 이상한 동영상 쌓아놓고 혼자 자기 방에 틀어박혀서 이상한 짓이나 하고. 욕조나 거실에서 이상한 짓 하다가 저한테 들킨 적도 얼마나 많은데요. 오빠가 욕조를 쓰고 나면 여기저기 끈적끈적한 게 묻어 있는데 진짜 역겨워요."

"진짜 걱정이겠네요."

"그래서 제가 여기까지 온 거 아니에요."

이 말을 들은 사장의 눈이 빛났다. 저쪽 구석에서 커피잔에 스푼을 5분째 돌리고 있던 나에게까지 그 빛이 비치는 것 같았다.

"아주 잘 오셨습니다. 우리가 오빠의 나쁜 버릇을 고칠 수는 없습니다. 사람은 고쳐 쓰는 것도 아니고요. 그리고 가족이니 따로 살 수도 없어요."

"그게 진짜 문제에요. 오빠는 사과의 말 한마디도 안 해요."

여자아이는 앞에 놓인 사과주스 병을 꽉 쥐었다.

"그래서 저희가 있는 겁니다. 이제부터 고객님은 아무 걱정 하실 필요가 없어요. 걱정은 저희가 합니다."

사장은 이렇게 말하며 열다섯 살짜리 여자아이 앞에 계약서를 끄집어 냈다. 여자아이는 종이에 빼곡히 쓰인 글자를 보면서 당혹한 표정을 지었다. 그러자 사장은 이렇게 말하며 하하하 웃어 보였다.

"저희는 디지털 세대에게 이런 계약서를 일일이 읽어보는 불편을 끼쳐드리지 않습니다. 휴대폰으로 다 할 수 있어요."

이 말을 들은 여자아이의 표정이 밝아졌다. 그리고 아이는 계약 내용을 제대로 읽어보지도 않고 훌훌 스크롤을 내린 후 사장이 시키는 대로 1일 1만 원 자동이체를 시작했다.

#5
성조숙증 걱정

이런 황당한 성 관련 걱정을 가지고 오는 건 여자아이들뿐이 아니었다. 여자아이들의 엄마들도 있었다. 이 아줌마는 등장부터 요란했다. 문을 열기도 전에 몸부터 진입을 시도했다. 문손잡이를 돌리기도 전에 발을 먼저 안으로 밀어 넣으려고 해 한 번 쾅 소리가 났고, 문손잡이를 돌리면서 벌써 머리를 들이미는 바람에 두 번째로 또 쿵 하는 소리가 났다. 만약에 천천히 돌아가는 자동문이었다면 한쪽 문을 깨고 들어올 스피드였다. 우리가 고객의 외모나 병력 등을 파악할 여유도 주지 않고 용건부터 이야기했다.

"올해 1월 말쯤 8살 난 딸아이 정수리 냄새가 너무 심해서 소아과에 갔는데요. 인바디, 손 엑스레이, 피검사도 했는데요. 성조숙증일까 봐 너무 걱정이에요."

사장도 대단한 게 원래는 뚱보로 밥 먹을 때 빼고는 매사에 꾸물거리는데, 이 아줌마의 질문을 듣자마자 아줌마의 스피드에 맞춰 재빨리 재질문을 했다.

"의사는 뭐라던가요?"

"뼈 나이는 7살 반 정도라 조금 앞서긴 하지만 괜찮데요. 호르몬 수치도 정상이고요. 정수리 냄새는 그냥 샴푸를 바꾸라고 하더라고요. 너무 성의 없지 않아요?"

이 말을 듣자마자 사장은 고개를 마치 닭이 모이를 쪼듯이 수십 번이나 끄덕거리면서 말했다.

"맞습니다, 어머니. 의사들이 다 그래요. 저도 같은 입장으로서 저는 어머님이 얼마나 걱정하시는지 십분 이해됩니다."

엥? 같은 입장이라니. 사장이 나 몰래 딸을 키웠나? 사장은 가까이 다가와 앉아 있던 내 정수리 주위에서 코를 쿵쿵거리면서 이야기를 계속했다. 나는 "아씨, 저리 치워요!"라고 바로 반응했다. 하지만 내 앞에 앉은 아주머니는 공감을 받았다는 기분에 어느새 손뼉까지 치고 있었다. 나는 둘의 대화 속도를 도저히 따라갈 수 없었다. 그리고 아무리 비즈니스였지만 생각해 보니 순간 사장의 딸 취급을 받았다는데 기분이 급격히 더러워졌다. 그리고 이 나이에 성조숙증이라니. 맡아보지는 않았지만 나는 정수리 냄새도 안 나고 더더군다나 이미 조숙해도 될 나이었다.

"그리고 가슴이나 유두 발달을 잘 지켜보라고 하죠?"

사장은 차트 하나를 들고 와 볼펜을 까딱까딱하며 마치 의사가 환자 상태를 분석하는 것처럼 말했다. 마침 그날 사장은 튀어나온 배를 가리기 위해서인지 엄청나게 크고 긴 하얀색 셔츠를 입고 있어 의사 가운을 걸친 것 같이 보였다. 그 성질 급한 아주머니는 1초도 사용하지 않고 아래위로 사장의 외모를 살폈다. 단순한 복장이나 행위에도 그새 의사의 권위를 느끼는 듯했다. 인간은 시각적인 효과에 약하다. 사람은 진짜 단순하다.

"맞아요. 의사 선생님이 가슴을 보라길래 제가 매일매일 딸아이 가슴을 체크하거든요. 제가 너무 걱정을 해서일 수도 있는데 요즘 딸애가 살이 쪘는지 가슴이 튀어나와 보이더라고요."

아줌마가 이 말을 마치자 그 둘은 동시에 내 가슴 쪽을 바라보며 말을 이어갔다.

"눌러보셨나요?"

"아. 의사 선생님도 그런 말씀 하셨는데. 네, 병원에서 말 듣고 와서 한 번 눌러봤어요."

아씨, 나는 순간적으로 팔짱을 끼면서 가슴을 가렸다.

"아프다고 하던가요, 따님이?"

"아뇨. 아프지는 않다고 하더라고요. 그냥 뭐가 부끄러운지 비명 지르고 난리던데요."

"그럼 다행이네요."

뭐가 다행이라는 건지, 나는 이 사람들의 대화가 놀라웠다. 엄마가 기습적으로 딸의 가슴을 눌렀고, 딸은 비명까지 질렀다는데.

"근데 피검사를 또 하자고 하니 딸도 싫어하고 딸아이 아빠도 뭐 그렇게 자주 피검사를 하냐고 화를 내고요. 일주일에 한 번씩 검사하는 게 뭐가 자주인지. 딸아이 아빠는 딸 키우는데 너무 무심하고 무지한 거 같아요. 병원비도 그렇게 아까운가 봐요. 하나밖에 없는 딸인데. 병원비 얼마 나왔는지나 묻고."

"그러면 안 되죠. 소중한 딸아이인데."

"그렇죠? 아빠라는 사람이 그렇게 무관심하니까 제가 혼자 이렇게 걱정하는 거라고요. 또 의사라는 인간이 처방이라고 내린 게 뭔지 아세요? 샴푸를 바꾸래요, 글쎄 샴푸를. 그래도 전문의라는 놈이."

"어머니 그 마음 충분히 이해합니다. 아빠라는 사람이 자기가 낳은 딸아이 건강검사를 하는데 하지 말라는 소리나 하고. 의사라는 사람이 샴푸 바꾸라는 소리나 하고 있고. 이게 말이나 됩니까."

사장은 '자기가 낳은 딸'이라는 말을 너무 세게 얘기했는데 무슨 사정에서인지 보통 때와는 다르게 감정에 너무 치우쳐 있었다. 그리고 언제부터인지 그 아주머니의 박수 리액션을 따라 하고 있었다. 둘은 한쪽에서 말하면 다른 쪽에서 박수를 치고 다른 쪽에서 말하면 또 이쪽에서 박수를 치며 아주 맞장구라는 말에 걸맞게 놀고 있었다. 그리고 짝짜꿍이 너무 빨라서 나는 무슨 중국 챔피언 둘이서 치는 탁구 경기를 보고 있는 것 같았다.

"진짜 말이 안 되죠, 사장님. 드디어 제가 말이 좀 통하는 사람을 만난 거 같아요."

"고객님과 유사한 사례를 가진 다른 고객님들이 이미 많이 계십니다."

뭐라고? 여덟 살짜리 딸 정수리 냄새 좀 난다고 성조숙증 의심하는 아줌마가 이미 많다고?

"그렇죠? 저만 그런 거 아니죠? 제가 남편 놈 말대로 정말 쓸데없는 걱정 하는 거 아니죠?"

"아니죠, 아니죠. 어머니. 절대 쓸데없는 걱정이 아닙니다. 세상에 하나밖에 없는 소중한 딸아이인데요."

"그렇죠?"

"네. 이제 무관심한 아빠나 의사와 함께 걱정하지 마시고 저희와 함께하시면 됩니다. 일단 피검사는 6개월에 한 번씩 하셔야 하고요. 무엇보다 병원 검사로 따님의 상태를 정확히 지켜보셔야 합니다. 주치의든 전문의든 의사들도 환자가 한둘이 아니고 바쁘니까 그냥 대충 말하는 경우가 많습니다. 어머니의 지속적인 관심과 관찰이 제일 중요합니다. 성조숙증은 서서히 진행되기도 하고 한순간에 수치가 팍 오르기도 하거든요. 아이마다 다르기 때문에 정기검진과 추적관찰이 중요합니다. 제가 볼 때는 의사도 더 이상 신용할 수 없을 거 같습니다. 의사라는 사람이 샴푸 바꾸라는 말 같지도 않은 소리나 하고 앉아 있고. 3개월마다 뼈 사진, 즉 성장판 검사를 하시고 피검사는 6개월마다 꼬박꼬박 하시고요. 필요시에는 자궁 성숙도를 측정하는 자궁초음파 검사를 하시고 갑상선 검사도 하셔야 하는데, 이 두 가지 검사는 반드시 해야 하는 건 아닙니다. 그렇지만 이런 검사들은 건강검진 차원에서라도 좋거든요."

사장은 이렇게 말하면서 슬며시 내 어깨에 손을 올리고 나에게 고개를 끄덕끄덕 그려 보였다. 사장은 마치 딸을 키워 본 것과 같이 여성의 자궁 성숙도나 자궁초음파 검사에 대해서도 상세하고 알고 있었다. 나는 어떤 무언의 압력에 의해 고개를 끄덕끄덕하며 찌그러진 억지 미소를 지어 보였다. 내 미소를 보더니 아주머니도 확신을 얻었는지 이제 사장의 손을 확 움켜쥐었다. 확신의 표현이었다.

사장은 말을 계속했다. 나는 드디어 영업의 순간이 다가왔음을 느낄 수 있었다.

"어린 나이에 성조숙증을 겪게 되면 정신적인 충격이 상당합니다. 신체 변화나 이른 초경으로 아이가 느낄 당혹감을 생각해 보셨나요?"

"아, 생각만 해도 끔찍해요."

"또래 친구들과의 이질감이나 자존감 저하, 불안 등등 이런 일을 딸아이가 혼자 겪게 가만히 지켜만 보실 건가요?"

"절대, 절대로 안 되죠. 저희 금쪽같은 딸아이가 그런 일을 혼자 겪게 놔둘 수는 없어요. 저는 이제 진짜 어떻게 하면 될까요?"

"고객님은 이제부터 아무 걱정하실 게 없으세요. 이제부터 저희가 함께하겠습니다. 일단 여기 이것부터 좀 읽어보시고."

"아니에요. 읽어볼 것도 없어요. 우리 딸아이를 위해서인데."

"일단 저희와 함께 또라이, 어이 씨. 죄송합니다. 딸아이의 차도를 함께 지켜보고요. 가슴에 멍이 생기고 아프다고 하면 그때 병원에 가는 걸로 합시다. 또 성조숙증으로 판정 난다고 해도 크게 걱정할 필요 없어요. 그때는 저희가 진단비용이랑 호르몬 검사, 호르몬 억제 주사 비용까지 다 지원해 드립니다."

"정말요?"

"정말입니다. 그러니 어머님께서는 아버님과 비용 문제 같은 걸로 더 이상 싸우실 필요도 없으세요."

"어휴, 그 인간 이야기는 꺼내지도 마세요, 사장님. 그깟 검사 비용이 얼마나 든다고."

"네. 그러니까 어머님께서는 아무 걱정 마시고 딸아이나 잘 돌봐주시면 됩니다."

"와, 진짜 여기 오길 잘한 거 같아요."

"네. 저희와 함께하는 한 어머님은 아무것도 걱정하실 것이 없습니다."

"와, 정말 감사드려요."

그 아주머니는 얼굴이 환해지더니 그제야 움켜잡은 사장의 손을 놓았다. 사장은 테이블 밑에서 뭔가를 꺼내더니 다시 아주머니의 손에 슬며시 집어주었다. 아주머니는 손에 있는 물건을 보더니 거의 울먹일 것 같은 얼굴이 되었다. 사장은 말로만 샴푸를 바꾸라는 의사와는 달리 진짜 샴푸를 사은품으로 준 것이다. 이 아줌마는 눈물을 머금고 초롱초롱한 눈으로 사장을 우러러보았다. 그 아줌마의 손에는 비건 무슨, 네이처 무슨, 티트리라는 초록색의 천연샴푸가 들려 있었다. 그 샴푸는 뚜껑을 열지도 않았는데도 송진 냄새 같은 것이 확 올라왔다. 집안에 두기만 해도 두 번 다시 정수리 냄새를 맡을 염려는 없을 것 같았다. 이놈의 사장, 아끼는 샴푸 바꾸지 말라고 해놓고 정수리 냄새 안 나게 하는 샴푸를 주는 건 또 뭐람. 아줌마는 샴푸 바꾸라고 했다고 의사를 욕했던 건 싹 잊어버리고 사장이 준 샴푸를 가슴에 꼭 안고 사무실을 나갔다. 세상에 공짜 싫어하는 사람 없다는 말은 진실이었다.

이렇게 일사천리로 계약을 따내는 사장이지만 한 번, 꼭 한 번 고객을 그냥 보낸 적이 있었다. 그리고 고객을 그냥 보내면 어쩌냐는 내 말에 사장이 대답한 말이 기억에 남는다. 사장은 "야, 아무리 그래도 딸 같은 애가 죽을 걱정을 하는데 어떻게 돈을 받아"라고 말하며 창밖을 한참이나 쳐다보았다. '설마 우세요?'라고 말할 뻔했는데 워낙에 심각해 보여서 한 30분이나 혼자 두었다.

우리가 처음으로 놓친 고객인 여자애는 이렇게 상담을 시작했다.

"눈이 조금이라도 아프거나 나빠지는 것 같으면 실명이 될까 걱정이 돼요. 혹시나 몸이 조금이라도 이상증세를 보이면 심장마비나 다른 사유로 사망할까 또 걱정이 돼요. 이런 쓸데없는 걱정이랑 고민 때문에 요즘 잠자리도 뒤숭숭하고 항상 사망 전 증세에 대해서 검색을 해요. 실명 전 증상 등등 걱정되는 것에 대한 건 모두 찾아봐요. 근데 요즘은 임신 관련해서 걱정을 많이 해요. 항상 생리가 조금이라도 늦어지면 미성년자지만 임신일까 걱정이 돼요. 사실 한참 어린 나인데 이런 생각이 만날 드는 게 맞는 건가요?"

"고객님은 너무 걱정이 많으시군요. 그래도 너무 몸에 관심이 없는 것 보단 본인 몸 걱정 잘하는 게 좋죠. 죽음은 나이가 어리다고 찾아오지 않는 건 아니니까요. 태어나는 건 순서가 있지만 죽는 건 순서가 없어요. 걱정이 심해지면 스스로 극단적인 선택을 하는 경우도 있고요. 하지만 걱정한다고 안 좋은 일이 발생하지 않는 건 아닙니다. 벌어질 일은 어쨌든 벌어집니다. 일이 발생하면 그때 해결을 하려고 노력하시면 됩니다."

"어떻게 노력을 하죠?"

"지금은 걱정이라는 방법으로 노력을 하시죠?"

"네. 그런 거 같아요."

"정말 최선을 다해서 노력하시고 있죠?"

"그렇죠. 누워서 하기는 하지만."

"인간은 원래 수많은 문제를 해결하다가 목숨이 다해 가게 됩니다. 어떤 일이든 해결하지 못할 일은 없습니다. 죽지만 않으면 해결하지 못할 일은 없어요. 고객님은 아직 미성년자이니 부모님이 같이 계십니다. 부모님은 지금까지와 같이 무슨 일이 있어도 고객님 편입니다. 앞으로 어떤 일이 있든지 간에 지금까지와 같이 올곧이 부모님과 함께 풀어나 가시길 바랍니다."

뭐라고? 올곧이? 고객님 앞에 벌어질 일을 부모가 책임져야 한다고? 우리와 같이가 아니라? 엥 사장이? 그 여자 고객은 나처럼 엄마와 단둘이 살아왔다고 했다. '올곧이'란 단어를 검색해 보았다. '올곧이'란 단어는 올고지라 읽고, 마음이나 정신 상태 따위를 바르고 곧게 한다는 의미였다. 그날 밤 걱정, 생리, 임신, 싱글맘, 딸 같은, 바른 정신 상태 이런 단어들이 사장이 말하지 않는 과거와 함께 내 꿈속 여기저기서 날아다녔다.

#6
직장인 걱정

고객으로 오는 사람들 중에는 정신적으로 미성숙한 미성년자들이 많다. 하지만 직장 관련 고민을 가지고 오는 어른들도 적지 않다. 직장인들의 걱정거리를 듣다 보면 인터넷에서 읽은 말이 생각난다. 학교 다닐 때는 취직만 하면 행복해질 거 같았는데 아니었다. 직장은 만병의 근원, 퇴사는 만병통치약이라는 말이다. 직장인 고민 상담을 하면서 아주 재미있는 공통점도 하나 발견했다. 일 때문에 걱정하는 사람은 거의 없고, 대부분 직장에서의 인간관계 때문에 걱정을 한다는 사실이었다. 사실 직장인들은 우리에게 좋은 고객이었다. 고정 수입이 있어 보험료를 놓치는 일이 거의 없었다. 회사를 그만두기 전까지는 인간관계 관련 문제가 그치질 않고, 퇴사하기 전까지는 꼬박꼬박 월급이 나오기 때문에 퇴직할 때까지 매일매일 보험료를 바쳤다.

이 고객은 진짜 스텔스 전투기처럼 찾아왔다. 문 여는 소리도 안 들렸다. 사무실에 누가 들어오는지도 몰랐는데 어느새 내 앞자리에 앉아 있었다. 손톱 정리를 하고 있던 나는 깜짝 놀라서 손톱 안의 살집을 깎을 뻔했다. 씨발, 이란 말이 튀어나왔다.

"발표 준비를 하는데 갑자기 제 숨소리가 신경 쓰이는 거예요. 남들이 제 숨소리를 듣고 불편하지는 않을까 싶어서요. 그래서 제 사수한테 그걸 말했는데 그때부터 사수도 신경 쓰여서 너무 걱정이 돼요. 제 숨소리가 거칠어지는 걸 사수가 신경 쓸까 봐 또 그게 신경 쓰이는 거예요. 내일 또 발표인데 멘탈 챙기게 좀 도와주세요. 발표 망할까 봐 너무 걱정이 돼요."

"고객님 혹시 잘못 찾아오신 거 아니에요? 여기는 멘탈케어 회사가 아니라, 걱정보험 주식회사인데요."

이 고객은 내 띠꺼운 대답에 불안 증세를 보였다. 또 나와 내가 깎고 있던 손톱 그리고 내가 실수로 내뱉은 씨발이란 말에 엄청 신경을 쓰는 것 같았다. 그래서 처음부터 사장이 상담을 시작했다.

"발표 준비로 집중을 하면 고객님의 숨소리가 신경 쓰이고, 이 고민을 사수에게 털어놓은 사실 또한 고민이 되시죠. 고객님의 이야기를 들어보니 고객님은 참 배려심 많고 다른 사람을 위하는 마음이 깊은 사람 같아요. 발표를 준비하며 많은 긴장감을 느끼시고, 그로 인해 걱정이 발생한 것 같습니다."

사장은 이번에도 칭찬과 인정을 적절히 사용하며 고객을 안심시켰다.

"네, 제가 그런 성향이 있는 것 같아요."

이 손님은 사장의 치켜올려 주는 말에 감정이 들어 올려졌다. 사람을 들었으니 다음에는 내려놓는 스킬이 나올 차례였다.

"내일이 또 발표 날이라 많이 걱정되시고 불안하실 것 같습니다. 고객님처럼 많은 사람들 앞에서 이야기해야 할 때 불안감을 느끼시는 분들이 많고, 그런 분들이 저희 상담센터에 방문하는 경우가 많습니다. 오늘도 그런 고객분들이 하나둘이 아니었어요."

발표 때문에 우리 회사에 찾아오는 사람이 많다고? 그날 아침부터 우리 회사에 찾아온 사람들이라고는 오빠가 정액을 묻혀서 임신한 거 같다는 중학생 여자애랑 여덟 살짜리 딸이 정수리에 냄새가 난다고 성조숙증 걱정을 하던 아줌마였다.

사장은 말을 이어갔다.

"혹시 예전에 발표를 하셨을 때 나쁜 경험을 하신 적이 있으신가요?"

"아, 네. 학교 다닐 때 한 번 제가 발표를 했는데요. 그 전날에 학과 모임에서 술을 너무 많이 먹어서 마이크에 대놓고 트림도 하고 구역질도 할 뻔해서."

"혹시 뀌기도 하셨나요?"

"어? 부끄러워서 말씀 안 드렸는데. 그건 어떻게 아셨어요? 제가 진짜 괄약근 근육을 최대치로 조이고 있었는데요. 진짜 피식하고 조금 새 나왔는데. 그게 마이크를 타고 전 강의실에 다 울려 퍼져서."

"아. 그런 일이 있으셨군요. 요새 마이크 성능 참 좋죠?"

"저는 기술의 발전을 증오해요."

"모든 발전에는 좋은 점과 나쁜 점이 있는 거거든요. 기술의 발전을 저희가 막을 수는 없습니다. 하지만 상황에 맞게 적응은 할 수 있지요. 발표 준비를 하실 때 지금껏 항상 조용한 곳에서 준비를 하셨다면, 이제부터는 조금 더 사람이 있고 다양한 소리가 나는 곳에서 발표를 해보시는 것을 추천 드립니다. 너무 조용한 장소에서 발표 준비를 하다 보니 질문자님의 숨소리가 잘 들려서 불안을 느끼실 수가 있습니다. 사실 사람들은 자기의 소음이나 자기가 할 얘기에만 신경을 씁니다. 남이 내는 소음이나 남이 하는 얘기에는 고객님께서 생각하시는 만큼 그렇게 신경을 쓰지 않습니다. 마이크에 대고 뀌지 않는 이상은요. 내일 발표하시는 상황에서도 사람들은 일이니까 앉아 있고, 각자 자기들이 해야 할 일이나 해야 할 말에 대해서 생각하며 듣는 척을 하는 경우일 겁니다. 그러니 비슷한 상황인 카페나 공원 같은 곳에서 발표 연습을 해보시는 것도 좋을 것 같습니다."

"맞아요. 제가 항상 저희 집 화장실에서 혼자 거울 보고 발표 준비를 해서."

"또, 고객님의 고민을 들으신 사수분이 이러한 상황을 인지하시고 고객님의 발표에 영향을 미칠 수도 있다는 고민을 하시고 계시죠? 발표하기 전까지 이 문제가 신경 쓰이신다면 한번 사수분과 대화를 해보시면 어떨까요? 내 발표와 숨소리가 너무 신경 쓰여서 당신에게 고민을 말했는데 너무 신경 쓰지 않아도 된다고 이야기를 해보시길 바랍니다."

"아, 그러는 게 좋을까요?"

"네. 고객님의 구체적인 상황을 알지 못하여 대답을 드리는 데 한계가 있지만, 걱정을 가지고 계신다고 해서 스스로를 이상하다고 생각하지 않으셨으면 좋겠습니다. 간혹 저희 회사에 찾아오시는 분들 중에는 스스로를 정말 이상하고 문제가 있는 사람으로 오인하는 분들이 계십니다. 심지어 정신병원이나 심리상담까지 받으러 다닌다고 하시는 분들도 많습니다. 걱정하는 것이 결코 이상한 것이 아닌데도 말이죠. 인류가 걱정을 하지 않고 살았다면 벌써 멸종하고도 남았죠. 추워 죽을까 봐 걱정해서 옷 껴입고, 불 피우고. 더워 죽을까 봐 걱정해서 선풍기 만들고 에어컨 만들고 해서 지금까지 살아남은 거 아닙니까."

사장은 고객이 발표 때 방귀 뀐 사건으로 시작해서 인류의 기후대처 방안까지 도출해 냈다. 사람을 들었다 놨다 했다.

"아, 걱정하는 게 그렇게 나쁜 게 아니구나."

"네. 맞습니다. 고객님 같은 분들이 계셨기에 인류가 아직 살아남은 겁니다. 육지의 지배자였던 공룡도 멸종하고 바다의 포식자인 고래도 멸종위기에 처했는데 말이죠. 위험은 갑자기 찾아오는 것 같지만, 아닙니다. 게네들이 걱정을 안 해서 결국 그 꼴이 난 거죠."

뭐라고? 공룡이 걱정을 안 해서 멸종했다고? 이렇게 논리가 이어진다고?

"사장님, 저는 정상인 거죠?"

"네. 지극히 정상이십니다. 중요한 것은 걱정에 시간을 낭비하지 않고 더욱더 건강한 삶을 사는 것입니다. 위험은 서서히 징후를 보이면서 찾아옵니다. 걱정하는 사람들은 이 미세한 징후를 읽어내죠. 그리고 미리미리 준비를 취해 놓는 겁니다. 일단 걱정은 저희 걱정보험 주식회사에 맡기시고 회사 일에 열중하시기 바랍니다. 발표에 이렇게 진심이신 걸 보니 고객님의 커리어는 창창할 거 같아요. 저희가 알려드린 방법대로 해보시고, 그래도 불안하고 진전이 없다면 주저 없이 전문기관을 방문해 보시길 바랍니다. 꼭 저희 회사가 추천하는 방법이 아니라도 좋습니다. 잘 알아보셔서 좋은 전문가를 만나 현재의 어려움을 잘 극복하시기 바랍니다."

"아니에요, 아니에요. 사장님이 말씀하신 방법이 가장 좋은 거 같아요. 다른 고객들도 저랑 비슷한 분들이 많다면…… 아까 보여주셨던 그 계약서 어디 있죠?"

능숙한 사장은 계약을 강요한다는 느낌이 들지 않게 처음에 계약서를 보여주려고 하다가 병원이니 전문기관 이야기를 꺼내면서 계약서를 다시 서류첩에 넣어두려는 시늉을 했다. 인간은 자신의 앞에 놓인 선택지가 사라지려고 하면 조바심이 생긴다. 서둘러서 없어지려는 선택지를 보고 성급한 결정을 내려버린다. 나도 사장의 이 개수작에 걸려서 계속 걱정보험 주식회사에서 근무하고 있는 중이다.

#7

인간관계 격정

그날은 직장인 특집인지 다음 고객도 우리의 성실한 봉인 회사원이
었다.

"제가 정말 쓸데없는 걱정을 너무 많이 하는데요. 어느 정도냐면 뉴
스에 사건이 보도되잖아요. 저랑 사건이 1도 연관이 없을뿐더러 제가 저
지른 일이 아닌데도 걱정부터 해요. 처음에는 괜찮았는데 점점 시간이
지날수록 제가 저지른 것 같은 느낌을 받아요."

"네? 그냥 뉴스에서 본 사건을요?"

"네. 나중에는 온갖 경우의 수를 생각하면서 어떻게 도망가지부터 잡
혔을 때 변호사 선임 비용은 어떻게 마련하지, 하는 걱정까지 합니다."

"고객님이 저지른 일이 아닌 데도요?"

"네. 분명 제가 저지른 일도 아닌데도 요즘 따라 사건들 때문에 굉장
히 스트레스를 많이 받아서 숨까지 잘 못 쉽니다. 심리적인 압박감도 세

고요, 일상생활이 주변에 누군가가 도와주지 않으면 안 될 정도로 불가능합니다. 혼자서는 편의점에 가는 것도, 밥 먹는 것도 불가능할 정도입니다."

해결 방법은 간단했다. 뉴스를 보지 마세요. 내가 그 손님의 손에 들려 있는 핸드폰을 가리키며 핸드폰을 내려놓으세요, 쓸데없는 뉴스에 낚이지 않으면 되죠, 라는 말을 하려고 하는데, 이를 어떻게 알았는지 사장이 내 손을 '탁' 치면서 말을 시작했다.

"정말 십분 공감되는 이야기입니다."

공감? 뉴스에 나오는 남이 저지른 사건을 보고 도망칠 계획을 짜고 변호사 선임까지 생각하는 이야기에 공감을 한다고? 그냥도 아니고 십분이나 공감한다고?

"심하면 인터넷 기사에 악플 같은 댓글들을 볼 때마다 저거 내가 술 먹고 단 거 아니야? 라는 이상한 생각도 하고요. 그 댓글로 인해서 나중에 처벌받는 건 아닌지, 혹시라도 욕먹는 건 아닌지 하는 걱정을 합니다. 과거에 이런 걸로 범죄 전력이 있는 것도 아닌데 말이죠."

이 고객은 우리가 아니라 정신병원 의사를 찾아가야 했다.

"정말, 정말 충분히 이해합니다."

사장의 위에서 아래로 끄덕이는 고개와 정말, 정말이라는 말을 들으며 나는 어이가 없었다.

"엄마도 형도 병원에 가보라고 하는데요. 비용은 자기들이 내겠다고. 근데 제 생각은요. 스스로 판단할 줄 아는데 병원에 가야 할 필요까지는 못 느끼는 것 같습니다. 제가 현재 백수입니다. 스물여섯 살이고요. 퇴사한 지는 거의 2년 가까이 되는데 중간에 알바는 했지만 오래가진 못 했습니다."

"전에 다니던 회사에서 많이 힘드셨죠?"

사장이 갑자기 뜬금포 질문을 던졌는데 이게 또 명중했다.

"아니 그건 어떻게 아셨어요? 제가 전에 다니던 회사에서 괴롭힘을 심하게 당하면서 트라우마가 생겼거든요. 제가 한 말이 아닌데도 다들 오해하고요. 제가 한 일도 아닌데 다들 그걸로 비난하고 그러면서 진짜 힘들었거든요. 그 후로 한 직장이나 한 장소에서 오래 못 머물게 됐어요. 아무래도 이런 과거의 기억 때문에 쓸데없는 걱정이 멈추지 않는 거 같아요."

"아, 그러셨군요."

"졸업하고 입사한 첫 직장에서 사람들의 시기 질투로 저 자신이 망가졌어요. 정말 짧은, 1년도 안 되는 시간에 폭언, 뒷담화, 일감 몰아주기나 거짓말 같은 모든 일을 다 겪었어요. 이런 모든 것들이 압박감이 돼서 도저히 못 견디겠더라고요. 결국 저는 퇴사를 할 수밖에 없었어요."

"맞습니다. 사람들은 자기보다 잘난 사람을 가만두지 않게 되어 있죠."

"네. 학교 다닐 때까지는 그런지 몰랐어요. 이렇게 다니던 첫 직장을 그만두다 보니 매일 매일을 폐인처럼 살게 되고 집에서만 있다 보니 남는 게 시간인지라 걱정이 많아지는 것 같긴 합니다. 근데 제가 사람들이 있는 밖으로 나가는 게 너무 힘이 들어요. 다른 사람들과 눈이 마주치거나 대화를 나누는 것도 너무 힘이 들고요. 전화벨 소리가 울리기만 해도 너무 놀라서 심장이 빨리 뛰고……."

이 말을 하면서 남자는 말끝을 흐렸다.

"전 직장에서 얼마나 힘드셨으면 전화에까지 그렇게 반응하실까."

사장은 똑같이 말끝을 흐리면서 남자의 눈을 지그시 바라보았다.

"네. 전화에도 나쁜 기억이 있어서요. 전에 다니던 직장에서 한 선임이 제가 퇴근만 하면 전화를 하더라고요. 그 선임이랑 매일 거의 3시간이나 통화했던 게 트라우마로 남아 있어요. 퇴근 후에도 세 시간 동안이나 회사 사람들이 저지른 온갖 나쁜 일에 대한 이야기들을 다 들어줘야 했어요."

"진짜 너무했네요."

"그런 이야기를 듣고 나면 차나 오토바이가 제 옆을 바싹 붙어 지나가는 것도 아닌데 바퀴에 깔리면 어떡하나, 저 차가 나를 치면 어떡하나, 음식을 먹을 때도 목에 걸려서 숨을 못 쉬면 어쩌지, 걱정이 끊임없이 반복됐어요. 밤에 사람이 아무도 없을 때만, 그것도 큰마음 먹고 움직였어요. 회사를 그만둬도 이런 버릇은 사라지지 않습니다. 더 이상 이렇게 살 수는 없을 거 같아요. 이제 정말 돌아버릴 거 같아요."

"저 그 기분 압니다. 그래서 저도 이렇게 자영업 하는 거거든요."

"아. 사장님도 비슷한 일 겪으셨구나. 저는요. 뉴스도 못 보고, 제가 하고자 하는 공부도 못하고, 취미도 없어요. 어디에서 오는지 모르는 스스로의 죄책감으로 저를 비참하게 만드는 것 같아요. 그리고서 그걸 합리화하며 하루를 시작하거나 마무리한다든지 하는 이런 생활이 이제 지긋지긋합니다. 스스로 이러지 말아야 한다는 걸 잘 알아요. 아는데 지금 사장님이랑 말을 하는 순간에도 걱정이 생겨요. 누군가 이 이야기를 듣고 나한테 욕하면 어떡하지. 저 아직 정신연령이 많이 어린 거 같아요. 저 진짜 어떡하죠. 진짜 부모님한테 너무 미안해요. 도와주세요."

"고객님은 그 착함이 문제인 거 같습니다. 이 험한 세상은 고객님같이 착한 사람을 착하고 고결하게 살라고 가만히 놔두지 않지요."

"이 세상이 너무 힘들어요. 이 험한 세상에서 혼자 살아가야 하는 게요. 이런 걱정, 저런 걱정에 진짜 한시도 못 견디겠어요."

"오늘 정말 잘 찾아오셨습니다. 이제부터 저희랑 함께하실 거니 아무 걱정 안 하셔도 됩니다."

여기서부터 사장의 역대급 개소리가 흘러나왔다. 지나가는 똥개도 계약서에 사인을 하게 만들 정도로 정신이 몽롱해지는 역대급 개소리였다. 진짜 사장이 한 말 그대로 옮겨 적어 놓았다.

"길을 걸어가다 앞에 두 갈래 길이 나옵니다. 사람들은 두 길 중에 한 곳을 선택하여 길을 갑니다. 두 가지 길을 동시에 갈 수는 없는 노릇이 니까요. 그렇겠죠?"

"네. 그렇죠."

"이렇게 가다 보니 앞에 세 갈래 길이 또 나옵니다. 이 사람은 셋 중 자신이 가야 할 길을 또 하나만 선택하여 가게 됩니다. 셋 중에 한 곳을 선택했으니. 선택하지 않은 두 길! 만일 내가 저 길을 선택하였더라면 하는 것은 애당초 존재하지 않습니다."

아, 여기까지 듣고도 나는 이번 개소리는 역대급이겠구나 라는 예감 이 들었다. 사장의 말은 이어졌다.

"만일 내가 저 길을 걷다가 강도를 만났더라면. 만일 내가 저 길을 선 택하여 가다가 교통사고라도 났었더라면, 만일 내가 저 길을 선택하여 가다가 로또복권에 당첨이 되었더라면 하는 일은 절대로 존재할 수 없 는 가상적인 일로 그냥 상상입니다. 그런데 마치! 그런 일이 생겼더라면 하는 것에 그치지 않고 정말 일이 일어난 것처럼 그렇게 인지가 된다면 그것을 망상이라고 합니다."

"아. 그게 망상이구나."

손님은 아까부터 계속 수시로 확인하던 핸드폰을 탁 내려놓고 깨달음 의 순간에 몸을 떨었다.

"그러한 상상으로 인지되는 것들로 인해서 커다란 불안을 느끼고 생활에 지장이 생긴다면 그것을 망상장애라고 합니다."

사장은 갑자기 손님을 장애인 취급하기 시작했다.

"아, 그게 장애라고요?"

"병은 아닙니다. 자아가 현실 상황을 왜곡하여 가상의 것을 현실인 것처럼 인지하게 되는 부조화일 뿐입니다. 아직 신경증의 단계는 아닙니다. 신경증이란 개인에게 있어 특정 상황과 환경 등에 대한 스트레스, 받아들이기 어려운 감정, 신체적 또는 정신적 질병에 대해 더 민감하게 되는 성격적 특성을 말합니다. 주로 부정적 감정에 대한 민감성이 높은 특징이 있지요. 일상에 지장을 줄 정도로 불편을 느낀다면 상담이나 약물 등의 다양한 방법들로 치료가 필요합니다. 주로 불안과 지나친 걱정이나 죄책감을 보이게 됩니다. 또, 낮은 자존감과 자의식 수준을 보이는 특징이 있습니다. 나아가 신경증 환자는 그저 평범한 일상 속의 상황을 매우 위협적으로 받아들이고 해석하는 경향이 있습니다. 그로 인해 감정적으로 불안정해져 상대에게 지나치게 의존하거나 고립되는 등 비전형적인 모습이 나타납니다. 반대로 아예 자신이 그런 감정을 느끼지 않으려고 완벽주의에 집착하거나 타인과의 관계를 망치기도 하죠. 이런 증상들이 반드시 신경증이라는 의미는 아닙니다. 하지만 시간이 지나면서 이 같은 행동 패턴이 스스로를 고통스럽게 하고 고립되게 한다면 이는 반드시 전문가에게 도움을 받아야 하는 정신병이 됩니다. 신경증의 종류에는 각종 성격장애 A형, B형, C형 성격장애와 정의되지 않은 인격

장애가 있으며 기분장애인 우울증과 조울증도 포함되며 불안장애인 강박장애, 건강염려, 공황장애, PTSD, 적응장애도 이에 해당됩니다. 나아가 행동장애인 ADHD와, 수면장애, 섭식장애, 충동장애, 신체증상 장애 등이 있습니다. 이 질환들은 주로 특정 상황이나 환경을 받아들이고 반응하는 것에 대해 불편을 느끼는 것들인데요. 그런 이유로 인해 어쩌면 당사자는 치료의 필요를 직접적으로 느끼지 못할 수도 있습니다.”

“아…….”

정신병에 대한 전문지식이 줄줄 흘러나오자 이 남자는 입을 떡 벌리고 그냥 듣고만 있었다.

“정신증은 뇌가 정보를 처리하는 방식에 영향을 미치는 특징을 가집니다. 주로 심각한 증상이 나타나는 특징이 있는데 이는 바로 나타나지 않고 전조증상이 있을 수 있습니다. 가령 직장 업무나 직무 수행을 잘 못하게 되거나 어느 한 곳에 집중하기 어려워하는 특징이 나타납니다. 또한 타인이 자신에게 해를 끼친다고 의심하게 되고 가까운 사람이나 가족들과 동떨어지게 될 수도 있습니다. 일상생활에서도 갑자기 비현실적인 느낌을 받을 수도 있고 타인과의 의사소통이 원활하지 않을 수도 있죠. 그러다 시간이 지나면 환각이나 망상을 경험하게 될 수도 있으며 전조증상들이 점점 더 심각해지는데요. 대부분은 자신이 이상하다는 것을 알아차리지 못하지만 주변 사람들은 모두 고객님이 치료가 필요하다는 사실을 인지하게 될 것입니다. 쉽게 말해 뇌가 정보를 왜곡해서 정신증이 있는 분들이 경험하는 것이 현실이 아님을 알아차릴 수 없게 되는

것이죠. 정신증에 대한 종류를 말씀드리자면 제일 먼저 조현병을 말씀
드릴 수 있습니다."

"네? 조현병이요?"

"그렇습니다."

"그 자기 엄마도 죽이고 위층에 사는 사람도 죽이는 그 병이요?"

"네. 그건 망상장애, 그리고 기분장애의 일부인 조증 삽화 단계에서
나타나는 1형 양극성장애, 즉 과대망상 때문에 그렇습니다. 환각과 공
격성 등을 보이는 섬망, 해리성 기억상실증과 둔주가 있는 해리성 장애,
이인증도 이에 해당됩니다. 아울러 가장 안타까우면서도 예후가 나쁜
경우인 치매도 이 정신증의 일부입니다."

"네? 치매요?"

"이때 오해하지 마셔야 할 부분은 고객님의 장애는 정신증이 아닙니다.
고객님의 경우는 환각이나 환청, 망상을 경험하지 않았기 때문입니다."

치매였다가 조현병이었다가 발달장애였다가 해서 나는 뭐가 뭔지,
사장이 무슨 말을 하는지 아무것도 알 수가 없었다. 확실한 건 사장이
가뜩이나 불안해하는 고객을 더 불안하게 만들었다는 것이다.

"아."

"고객님과 정신증 환자의 가장 큰 차이는 현실 판단력 여부입니다.
현실 판단력이란 자기가 하는 행동과 생각을 정상적으로 인식하고 있는
지에 대한 능력인데요. 신경증 환자는 현실 판단력이 뚜렷한데 비해 정
신증 환자는 현실 판단력이 떨어집니다. 신경증 환자는 자기 상태에 대

해 인식이 가능한, 이른바 병식이 있으며 일상생활도 가능하죠. 그러나 정신증 환자는 병식이 없고 사회생활을 하는 데도 매우 심각한 문제가 초래될 수 있습니다. 이를 이유로 치료에 대해서도 신경증 환자는 통원 치료를 중심으로 하지만 정신증 환자의 경우에는 대부분 입원치료가 많이 이루어지고 있는 편입니다. 당연히 입원에 대해서는 환자의 증상이 보이고 있는 심각도에 따라 여부가 결정됩니다."

정신병자 같은 사장이 이런 정신병에 관한 지식을 어떻게 외웠는지 궁금했다.

"아, 심각도라고요?"
"뉴스에 사건이 보도되면 그 사건이 고객님과 1도 연관이 없는데도 걱정된다고 하셨죠? 범인과 아무런 상관도 없는 관계인데도 걱정된다고 하셨죠? 고객님께서 저지른 일이 아닌데도 점점 시간이 지날수록 고객님께서 저지른 것 같은 느낌을 받으면서 나중에는 온갖 걱정이란 걱정은 다 한다고 하셨죠?"

사장은 미러링 기법을 이용해 손님의 말을 반복했다. 거의 웅변조로 목소리를 높여 말을 이어갔다.

"네."
"분명 고객님께서 저지른 일이 아닌데도 뉴스만 보면 굉장히 스트레스를 많이 받아서 숨까지 잘 못 쉰다고 하셨죠?"

"네, 네!"

이 남자는 이제 거의 울먹이는 목소리로 대답만 하고 있었다.

"심리적인 압박감도 세고 일상생활이, 주변에 누군가가 없으면 안 될 정도로 혼자 있을 때 생활이 불가능할 정도라고 하셨죠?"

"네, 사장님."

"이런 과정이 일어나는 이유는 만일에 내가 정말 그랬더라면 어떻게 하지? 꼼짝없이 그냥 당하는 거잖아, 하는 생각 때문입니다. 새로운 경험을 지난 과거에 겪었던, 경험된 것, 즉 트라우마를 통해서 생각하기 때문에 그렇습니다. 아직까지 벗어놓지 못한 마음의 짐이나 부담감 때문에 불안해지는 것입니다."

"아."

"과거에 경험한 상황에 다시 자신을 놓고, 다른 길을 선택해서 그 상황에서 벗어나야만 트라우마를 해결할 수 있게 되고, 마음에 짐을 덜게 되어 더 이상 불안해하지 않을 수 있게 되는 것입니다. 하지만 고객님은 아직 자신이 과거에 경험했었던 상황에 자신을 놓아두고 예전과 똑같은 길을 선택하고 계십니다. 혼자서 해결하려고 하셔서 그렇습니다. 현재를 과거의 상황으로 가상하여 고객님 혼자 어떻게든 해결하려고 하지만, 혼자서는 과거에 해결하지 못했던 것처럼 가상의 상황에서도 여전히 해결할 수가 없어서 마음이 불안하며 초조해지는 것입니다."

"아."

"이것은 마치! 더 이상 해결하여 뛰어넘지 못할 딜레마가 되어 자신에게 던져집니다. 뉴스에서 보는 사건 사고들이 고객님 혼자 해결해야만 하는 수수께끼가 되는 것입니다. 고객님 혼자서 꼭 이 문제를 해결하기 위해서 가상적이고도 만일의 상황을 재현해 내게 됩니다. 그래서 남의 사건을 마치 고객님의 현실처럼 인식하게 되는 것입니다."

"아아아."

"지금까지는 왜 자신과 1도 관계없는 그런 일이 자신과 관계된 것처럼 의식하게 되는지 궁금하셨죠?"

"네. 정말이요."

"그렇지만 이제 확실히 아셨을 겁니다."

"네. 맞아요."

알긴 뭘 알지? 여기서 이 상황이 뭔지 모르는 사람은 나 혼자만인 거 같았다.

"지금까지는 고객님의 증상을 무의식적으로 희미하게 인식하고 계셨던 게 전부였을 겁니다."

"그런 거 같아요."

"하지만 저희와 함께하시면 모든 문제가 명료해질 것입니다. 고객님은 이제 혼자가 아닙니다. 저희가 함께하겠습니다."

명료해지겠지. 이상한 생각 안 할 때까지 매일매일 만 원씩 내야 하니까.

"아."

"저희와 함께 길을 떠나면서 이제껏 무의식적으로 재현하고 계셨던 현실을 꿰뚫어 보실 수 있을 것입니다. 고객님이 무엇을 해결하고 싶었던 것인지, 또 그런 의식들이 그동안 무의식적으로 재현되고, 그게 또한 왜 그런 식으로 진행되어 왔는지 명확하게 아시게 될 겁니다. 세상 문제의 절반은 문제를 너무 늦게 알아버려서 발생하는 것이거든요."

사장은 어디서 주워들었는지 가끔가다가 정말 사람 가슴을 찌르는 말을 하는데 이 말이 그랬다. 세상에 존재하는 문제의 절반은 그게 문제라는 것을 너무 늦게 알아버려서 발생한다고. 나도 내 문제를 너무 늦게 인식한 나머지 잠도 못 자고 죽을 정도로 힘들었었다.

"함께하다니 어떤 식으로요?"

사장은 이 말을 듣자마자 계약서를 쓰-윽 내밀었다. 내가 볼 때 이놈은 예전 직장 사수와의 관계를 끝내기 위해 더 위험한 놈을 끌어들인 셈이었다. 그러니까 떡볶이를 파는데 공짜로 먹고 가는 동네 양아치를 쫓으려고 중국 삼합회 깡패를 끌어들인 것과 같은 격이었다. 사장은 고객이 사인을 하는 중에 이렇게 상담을 마무리했다.

"저희 회사의 고객관리는 상당히 과학적이고 효율적으로 이루어지고 있습니다. 걱정이 발생하는 원인에 대해서는 아직까지 밝혀진 바가 많지는 않습니다. 하지만 얼마든지 관리와 통제를 통해 방지가 가능하다는 사실을 알아주셨으면 좋겠습니다. 걱정이 많이 있는 것은 자신이 못

나서도, 특이해서도 그런 것이 아닙니다. 부디 신체 건강만큼 고객님의 걱정에 대해서도 부정적인 인식과 거리감을 좁히게 되길 바랍니다."

그 남자는 정신병동에서 퇴원이라도 한 듯이 거리에 나가서 햇빛을 받으며 한동안 가만히 서 있었다.

#8
상상 걱정

"사장님 뭐예요?

"뭐긴?"

"도대체 사장님 뭐냐고요?"

"뭐가 뭔데?"

"뭐가 뭔데가 아니고요."

"뭐가 뭔데가 아니면 뭔데?"

나는 가가? 가가가가? 가가가가가? 같은 경상도 사투리씩 논쟁을 하는 것 같아, 솔직하게 내 생각을 말해 주었다.

"사장님."

"왜?"

"제가 이런 말 한다고 해서 기분 나쁘게 받아들이지 마세요."

"기분 나쁘게 하는 말이면 기분 나쁘게 받아들이고 기분 안 나쁠 정도의 말이면 기분 안 나빠해, 나는."

"그래서 제가 미리 말씀드리는 거잖아요."

"그래 미리 말 하나 안 하나 기분 나쁠 만한 말이면 기분이 나빠지는 건 어쩔 수 없다니까."

"사장님!"

"왜?"

"저 지금 진짜 말장난할 기분은 아니거든요."

"나도 마찬가지야. 상담 나눠야 할 고객들이 얼마나 많은데 지금 직원이랑 말장난할 시간이 어디 있어?"

"그 상담이랑 고객 말씀이에요."

"상담이랑 고객이 뭐?"

"금방 상담하고 가신 고객님 있잖아요."

"누구?"

"그 미친놈이요."

"미친놈?"

"그 자기랑 관련도 없는 뉴스 보면서 도망칠 계획 짜고 변호사 선임할 생각까지 하는 그 미친놈이요."

"그게 왜 미쳤어? 미리미리 준비해서 나쁠 게 뭐 있다고."

"준비해서 나쁠 게 뭐가 있냐고요? 그게 준비할 일이에요? 사장님은 바람도 안 피웠는데 위자료 청구 소송 준비하나요? 이혼도 안 했는데 양육비 청구 소송 준비하냐고요?"

사장은 이 말을 듣더니 표정이 급격하게 어두워졌다. 그러더니 갑자기 은행에 가야 한다고 외투를 입더니 밖으로 나가버렸다.

사장이 없는데도 이런 미친놈들이 줄줄이 들어왔다.

"진짜 판타지 급으로 상상을 해요. 오늘 아침 냉장고 문을 닫는데 원래랑 닫히는 느낌이 달라서 안 닫혔나? 싶었는데 그냥 느낌만 이상한 거겠지 하고 밖에 나갔어요. 그런데 집에 와보니까 냉장고 문이 진짜 안 닫혀 있었던 거예요. 그다음부터는 냉장고 생각만 하면 너무 걱정되는 거예요. 냉장고 안에 있던 얼음이 녹고 물이 흘러서 전깃줄에 닿아서 냉장고가 터질 거 같은 거예요. 그렇게 되면 옆집에 사는 사람들이 죽고 저는 감옥 갈까 걱정이 들어요. 저는 사람을 죽일 의도가 없었고 죽이고 싶은 마음도 없고 죽이고 싶지도 않은데, 이런 걱정을 하니까 제가 진짜 살인자가 된 거 같고 무서워요. 어떻게 해야 이런 걱정을 그만두죠. 쓸데없는 걱정 그만두는 법 좀 알려주세요."

또라이들의 방문은 이어졌다.

"저는 정말 쓸데없는 걱정을 너무 많이 합니다. 최근에는 자유로에서 길을 잘못 들어갔는데 거기가 완전 어두컴컴해서 여기에서 누군가가 불법 독성물질 교환을 해서 그 독성물질이 우리 차에 들어오기라도 하면 어떻게 하지, 걱정이 되는 거예요. 죽거나 바이러스에 걸리는 게 아닐까, 라는 완전 말도 안 되는 걱정이 드는 거예요. 그리고 이 걱정들은 제가 잠자거나 일을 할 때 너무나도 방해가 됩니다. 회사 끝나면 빨리 집에 가서 투자 관련 공부를 해야 하는데 집중이 안 되고, 잠을 자려고 할 때도 걱정거리 때문에 잠이 계속 안 와서 잠도 빨리 못 잡니다. 그리고 저의 모든 걱정거리는 내가 이런 짓을 하지 않았으면 괜찮았을 텐데. 그러니까 자유로에 진입하지 않았으면 이런 걱정이 안 생겼을 텐데, 라고 눈물이 날 정도로 후회를 합니다."

걱정이라는 단어를 사전에서 찾아보면 안심이 되지 않아 속을 태움이라는 뜻이 나온다. 안심을 다시 사전에서 찾아보면 소나 돼지의 갈비 안쪽에 붙은 연하고 부드러운 살이라는 말이 먼저 나온다. 어휴, 역시 먹방의 나라답다. 두 번째로 모든 걱정을 떨쳐 버리고 마음을 편히 가짐이라는 뜻이 나온다.

그동안 숱한 걱정을 가진 고객들을 보며 나는 배운 것이 많다. 마음이 편치 않다는 말은 자신이 저지른 일이나 과거의 일에 대한 후회, 어떻게 하지 등등에서 생기는 경우가 많다. 물론 미래에 생기지 않을 일을 걱정하는 고객들도 많은데 이 미래에 대한 걱정도 과거의 경험에서 유추하는 경우가 많다. 즉, 사람은 과거에 어떤 행동을 했고 이미 지나버려 어쩔 수 없는 일을 토대로 해서 현재와 미래를 걱정하는 것이다. 그러니까 이번 고객은 불법 독성물질이나 바이러스의 제조는 아니더라도 최소한 궁리는 해봤으며 관련 업무에 종사하는 것이 아니라면 최소한 제약 관련해서 조금이라도 업무 연관이 있을 가능성이 컸다. 나는 혹시나 독성물질 관련해서 일을 한 적이 있는 건 아닌지 물어봤다.

"업무 관련된 일이라 그건 말씀 못 드리고요. 정말 미치겠습니다. 좀 도와주세요. 치료법, 병명 아니면 정신병인지 아닌지라도 알려주세요. 너무 힘듭니다.”

내가 또라이들의 연속 방문에 시달리고 있을 때 사장은 어느새 돌아와서 커피를 타고 있었다. 남자의 말을 들은 사장은 고개를 끄덕거리며 다 이해한다는 표정을 지으며 말을 시작했다.

“생각이야 할 수 있죠. 그런 일이 일어나면 죽는 거고, 안 일어나면 대한민국의 방역 안전이 정말 세계 제일이구나 생각하면 되고요. 그런데 그런 생각들로 인해 내가 괴롭다면 나는 지금 어떤 상태인지부터 먼저 살펴보셔야 합니다. 그런 생각을 할 때마다 망상에 빠지지 말고 ‘아, 내가 또 쓸데없는 생각을 하고 있구나’ 인식하세요. 늘 매 순간 알아차리셔야 합니다. 부정적인 생각에 밥을 주면 안 됩니다.”

“밥이라고요?”

“그러니까 사람들은 부정적인 생각이 떠오르면 그 부정적인 생각에 영양을 공급합니다. 부정적인 생각이 더 커질 수 있게 온갖 지식이나 경험을 동원해서 근거를 제공하죠.”

“정말 그런 거 같아요.”

“그러니까 나쁜 방향에 영양을 공급하지 말고 좋은 방향에 영양을 공급하시면 됩니다.”

“좋은 방향이라고 하시면?”

“걱정이라는 나쁜 방향에 영양을 공급하고 자꾸만 나쁜 쪽으로 가려는 고객들을 위해 걱정보험 회사가 존재하는 겁니다. 고객님은 아무런 걱정을 하지 않으셔도 됩니다. 그 나쁜 걱정은 저희에게 주세요. 저희가 대신 잘 관리해 드리겠습니다. 고객님께서는 하루에 1만 원씩만 내시면 모든 것이 보장되십니다."

"보험이라고 하시면?"

"걱정보험이에요. 왜? 코로나에 걸린 사람들도 우리나라에는 건강보험이 있으니까 개인실에서 치료도 받고 심지어 간호사님들이 긴 격리기간 동안 혹시나 병원 밥에 질렸을까 봐 치킨까지 시켜주고 하지 않았어요? 뉴스에서 보셨죠?"

"네. 봤어요."

"평상시에 병원에 갔을 때 개인 병실이 어디 붙어 있는지나 아셨어요?"

"아니요. 근처에도 못 가죠. 얼마나 비싼데."

"미국이었어 봐요. 코로나 걸려서 죽기 전에 집안 파산 나서 먼저 죽어요. 그것도 뉴스에서 보셨죠."

"네네."

"왜 미국에서는 병원비를 못 내서 픽픽 죽어 나가고, 한국에서는 무료 입원에 TV도 보고 맛있는 것까지 공짜로 먹을 수 있었을까요?"

"그건."

"바로 건강보험 때문입니다."

"아. 그래요?"

"고객님은 걱정이라는 더 큰 병에 이미 벌써 걸려 있는지도 모릅니다. 그런데도 저희 보험회사는 병력검사 같은 걸로 까다로운 심사를 하지도 않습니다. 하루에 만 원씩 이체하는 것만으로 보험에 들 수 있으면 정말 좋은 기회 아닙니까?"

"아."

"지금이니까 가입하실 수 있는 거세요. 다음 달, 아니 당장 내일이라도 이미 걱정이 현실이 되어버린 사람들은 더 이상 걱정보험에 가입을할 수 없고, 더 이상 걱정이 빚어낼 최악의 결과에 대해 보장받을 수 없을지도 모릅니다."

"보험비가 얼마라고 하셨죠?"

"네. 단돈 만 원입니다. 담배나 술을 좀 줄인다고 생각하시면 돼요. 아니면 커피 몇 잔 안 마신다고 생각하시면 모든 걱정이 다 보장되는 겁니다."

이 남자는 다급해져서 계약서를 읽어보지도 않고 사인을 했다. 사장은 무료 믹스커피를 한 잔 가져오더니 이렇게 계약을 마무리했다.

"그러니까 일어나는 생각을 막을 순 없어요. 그냥 인식하세요. 내가 이런 생각을 또 하고 있구나, 하구요. 그런 일이 안 일어나면 더 좋은 거고, 만약에 일어난다고 해도 고객님은 벌써 다 보장이 되어 있습니다."

세상에 자유로에서 길을 잘못 들어갔는데 도로 위에서 누군가가 불법독성물질 교환을 하고 있을 확률이 얼마나 될까? 또 그 와중에 독성물질이 이 남자의 차에 들어가서 남자가 죽거나, 바이러스에 걸릴 확률이얼마나 될까? 세상에는 진짜 미친 상상력을 가진 사람들이 참 많다.

#9
스포츠 스타 걱정

우리는 종종 비대면으로 계약을 따내기도 한다.

〈중2인데 최근에 제 미래에 대한 걱정이 너무 됩니다. 시험을 망치면 어떡하지? 고등학교 들어가면 또 얼마나 힘들까? 대학교도 못 가면 어떡하지 등등 미래 걱정이 너무 되고 스트레스를 너무 많이 받아요. 저희 부모님이랑 학원 선생님은 제가 쓸데없는 걱정을 너무 많이 한다는데 제가 이상한 건가요? 그리고 수능 영상 같은 걸 보면 아직 한참 먼 얘긴데도 쓸데없이 긴장이 돼요. 너무 힘들어요.〉

사장은 이렇게 상담을 시작했다.

〈안녕하세요! 저도 작성자님과 같은 중2예요.〉

이런 미친. 중2라고? 50대가?

사장은 상담을 계속했다.

〈하지만 중2라면 수능은 4년 반이나 남았어요. 지금까지 15년 반 살아왔는데 참 긴 시간이었잖아요? 4년 반이면 지금까지 산 시간의 4분의 1이 넘는 아주 긴 시간이랍니다. 저도 예전에는 고객님처럼 고민이 많아서 많이 힘들었거든요. 나중에 나 수능 못 보면 대학 어쩌지, 시험 망치면 그때 내 멘탈케어는 어쩌지, 지금 공부도 이렇게 어려운데 고등학교 공부는 또 어떻게 해야 하지 등등. 근데 이런 고민이 꼭 쓸데없는 건 아니라고 생각해요. 제 생각으로는 한 학년씩 올라가면서 충분히 할 수 있는 고민이라고 생각합니다. 중2면 충분히 진로나 공부에 대해서 신경 쓸 나이라고 생각해요. 근데 이런 고민과 생각을 너무 지나치게 하면 오히려 자신이 더 힘들고 빨리 지친다고 생각합니다. 미래에 대해서 충분히 고민하고 걱정할 수는 있습니다. 하지만 너무 지나치게 걱정하고 힘들어하지는 마세요. 저희 부모님께서 말하시길 그런 걱정 하는 건 좋지만 '인생은 순리대로 흘러가게 되어 있다'라고 하시더라고요. 그러니까 우리 함께 조금씩 걱정을 나눠보는 건 어떨까요?〉

나는 여기까지 보고 더는 참을 수 없어 소리쳤다.

"사장님이 무슨 중2예요? 어디서 사기를 치고 있어요? 아무리 익명성이 보장되는 인터넷이라도 이렇게 막 던지면 안 되죠."

"나 중2 맞아."

"뭐라고요? 이 아저씨가. 어디를 봐서 중학교 2학년이에요? 이거 그루밍인가 뭔가 이런 거에 해당되는 거 아시죠! 30년 전에 중2? 그따위 논리 들이대실 생각하지 마세요. 지금! 나한테까지 사기 치면 고소할 거예요. 이거 사긴 줄 아시죠, 사장님? 사이버 경찰이 보고 잡아가면 어쩌려고 그러세요?"

"내가 언제 중학교 2학년이라고 했어?

"네? 같은 중2라서 고등학교 공부고 수능이고 걱정된다면서요."

"내가 걱정된다는 말하기 전에 뭐라고 썼어?"

"네?"

"예전에, 라는 말을 붙였잖아. 그리고 내가 어디서 중학교 2학년이라 했어? 중2라고 했지."

"중2가 중학교 2학년 줄임말이잖아요."

"그건 중학교에서나 통하는 줄임말이지. 우리 절에서는 2년 차 신도를 중2라고 한다고."

미쳤다, 진짜. 우리 회사 사장 이제 핸드폰에 코를 박고 있는 애들을 데리고도 이렇게 사기를 친다. 결국 그 중학교 2학년생은 절의 중2 아저씨에게 속아서 매일 만 원 계약을 체결했다. 대학교 입시까지 장장 4년 7개월을 매일 만 원씩 우리에게 바칠 예정이었다. 진짜 개 사기꾼. 어이가 없었다.

진짜 요즘 중2 고객들이 부쩍 늘었는데 다음과 같은 중2도 사무실에 찾아왔다.

"세상에 제일 쓸데없는 걱정이 연예인이나 스포츠 선수 같은 유명인 걱정이라는 건 알아요. 그래도 너무 걱정이 되어서요."

"아닙니다. 충분히 걱정하실 수 있죠. 스타라는 별들은 우리에게 꿈을 보여줍니다. 하늘에 떠 있는 별과 같아요. 또 보고 있으면 행복해지니 스타의 인기가 떨어질까 봐 걱정하는 게 당연합니다. 그럼요. 충분히 걱정할 만합니다."

사장은 정말 꼬맹이들 대상으로 개소리하는 게 하나도 부끄럽지 않은 모양이었다.

"연예인은 아니에요."

"그럼, 스포츠 스타인가요?"

"네."

"스포츠 선수 걱정하는 것도 충분히 이해합니다. 외국에 진출해서 인종차별까지 받으면서 활약하는 모습이 얼마나 멋져요. 진짜 저도 새벽잠 설쳐가면서 응원한다니까요. 그 덩치 큰 외국 애들 사이에서 질주하며 골까지 넣으면 얼마나 감동인데요. 저는 눈물까지 흘린다니까요. 이런 게 애국이지 어떤 게 애국이겠어요?"

사장은 가슴에 손을 얹고 국기에 대한 경례를 하는 시늉까지 해 보였다.

"제가 걱정하는 선수는 우리나라 사람 아닌데요?"

그 중2는 사장이 쉽게 공감할 수 있는 대상이 아니었다. 공감이라고는 1도 할 틈새가 없었다. 사장도 좀 힘든 기색이었다.

"그럼 누군데요?"
"호날두는 잘 되겠죠?"

이 중학생 꼬마는 호날두. 이 날강도 같은 놈을 걱정하고 있었다. 나는 축구를 사랑한다. 특히나 해외 축구라면 시차를 초월해서 꼭 본방을 사수한다. 2019년 7월 26일, 이날은 나 같은 축구팬들에게는 악몽과도 같은 날이었다. 나는 꿈에도 그리던 호날두를 직접 볼 수 있다는 생각에 며칠 잠도 설쳤다. 하지만 날강두가 일으켰던 노쇼 사태는 대한민국 축구 역사상 다시는 없을 것이다. 나는 처음으로 중2 고객에게 욕을 할 뻔했다.

"고객님 혹시 2019년 7월 26일 세리에A 유벤투스 소속으로 내한했던 호날두 걱정을 하시는 건가요?" 내가 흥분해서 끼어들었다.
"네. 그런데요."
"경기 출전은커녕 단 한 차례의 팬서비스도 하지 않아 논란을 자초한 그 호날두요?"
"네."
"그 호날두가 한국에서 무슨 짓을 저질렀는지 아시고 지금 걱정하시는 거세요?"
"아니 이 직원이 왜 이러지? 갑자기 더위를 먹었나. 허허허. 왜 갑자기 흥분하고 그래?" 이렇게 나를 밀치며 사장이 우리 중간에 끼어들었다.

"잠깐만 있어 봐요, 사장님. 호날, 아니 그 날강도 같은 놈은 인천공항 입국 후에 손 한 번 흔들지 않았고, 약속됐던 사인회에도 불참했어요. 경기장을 단 1분도 밟지 않은 건 물론이고요. 저희 팬들이 '호날두! 호날두!'를 외치는 순간에도 얼굴을 잔뜩 찌푸리며 기분 나쁜 티를 냈다고요."

"그래, 그래. 알겠어. 알겠으니까 저기 가서 업무나 봐요."

"경기가 끝난 뒤에도 이름을 애타게 부르는 팬들을 쳐다보는 일도 전혀 없었어요." 나는 그날의 일이 생각나서 눈물까지 찔끔 나왔다.

"아니, 아저씨 지금 이 누나 우는 거예요?"

손님이 놀라거나 말거나 사장이 내 입을 틀어막거나 말거나 나는 억울함에 말을 계속했다.

"출국 과정에서 기자들이 '왜 그랬냐?'라고 묻자 '한국 팬들은 러블리하다'라는 어처구니없는 대답까지 했다고요. 러블리? 이거 미친놈 아니에요? 이탈리아 복귀 직후에는 한국 이전에 방문했던 중국에 대해 찬사를 보내는 글을 올린 뒤에 자신을 비판하는 한국 팬들을 조롱하는 제스처가 담긴 영상까지 게재했다고요. 이놈은 걱정이 아니라 응징을 받아야 한다고요!"

"그게 그렇게 잘못한 일인가요?" 그 꼬마 놈은 이렇게 비꼬았다.

"그렇게 잘못한 일인가, 라고요? 날강도는 자신의 게시물에 달리는 '노쇼 비판' 댓글을 삭제하면서 그냥 다 씹었다고요."

"아. 그래 알았고. 알았으니까 좀." 사장은 이제 내 머리까지 밀어젖

혔다.

"제가 감히 말하지만 고객님, 호날두 걱정은 하는 게 아닙니다." 나는 단호하게 이 상담을 끝내려고 했다.

"왜요? 왜 걱정하면 안 되는데요?"

이 중2 고객은 갑자기 화를 내며 초등학생 리그에서나 통할 말싸움을 걸어왔다. 내가 발버둥 치자 사장은 내 입을 손으로 틀어막고 상담을 시작했다.

"오랜 시간 유럽 축구 팬들 사이에서 회자됐던 말이 있습니다. 이 말이 맞는다는 게 다시 한 번 증명됐습니다." 사장은 씨-익 웃으면서 말을 시작했다.

"네? 무슨 증명이요?" 꼬맹이는 당황한 표정으로 물었다.

"호날두가 예전에 이적료 1억 유로, 한국 돈으로는 약 1,300억 원에 레알 마드리드에서 유벤투스로 팀을 옮겼던 거 아시죠?"

"네 물론이죠."

"침묵을 지키고 있던 크리스티아누 호날두가 리그 개막 네 경기째 만에 데뷔골을 넣은 역사적인 날을 기억하시죠?"

"아. 물론이죠."

"2018-2019시즌 이탈리아 프로축구 세리에A 4라운드 홈 사수올로전에서 혼자 2골을 터뜨려서 2대1 승리를 이끌었다고요. 이게 얼마나 멋진 데뷔전이었는지 아시죠? 그러니까 호날두가 없었으면 0대1로 질 경기였어요. 호날두가 두 골이나 몰아 넣는 바람에 이긴 겁니다."

"아, 진짜 아직도 기억나요. 유벤투스 이적 이후 첫 득점이자 첫 멀티골 기록이었죠?"

"맞습니다, 고객님. 호날두는 앞선 세 경기에서 슈팅 23개를 때렸지만, 단 한 골도 넣지 못했죠. 세 번째 경기였던 파르마전에선 슈팅 8개 중 유효 슈팅이 한 개밖에 없을 정도로 영점이 흔들린 거죠. 동료들이 호날두에게 기회를 몰아줬지만, 상대도 집중 수비를 펼치는 바람에 제대로 슛을 날릴 기회조차 얻지 못했죠." 사장은 객관적인 해설까지 덧붙였다.

"맞아요. 저희가 얼마나 조마조마했는지 아세요. 진짜 눈물이랑 기도는 이럴 때 쓰는 거라고요!" 꼬마는 나를 노려보며 외쳤다.

"막혔던 혈이 네 번째 경기부터 뚫리기 시작했죠. 호날두는 사수올로전 후반 5분 상대 수비수가 걷어내려고 헤딩한 공이 골대를 맞고 튀어나오자 가볍게 밀어 넣어 데뷔골을 기록한 겁니다."

"맞아요, 사장님. 사장님은 말이 좀 통하시네."

꼬마는 당장이라도 지갑을 꺼내려는 기세로 사장 쪽으로 몸을 획 돌렸다.

"이탈리아 무대 진출 이후 320분, 28번째 슈팅 만에 나온 첫 골이었습니다."

햐 진짜, 사장은 인터넷 검색도 안 하고 어떻게 이런 숫자들을 외울 수 있는지 신기할 노릇이었다.

"맞아요! 진짜 감동, 감동!"

"저도 아직까지 그날의 감동적인 순간이 눈에서 떠나지 않습니다. 지금도 비디오처럼 재생할 수 있을 정도라니까요."

"맞아요. 저도 저도!"

"호날두는 특유의 'A' 세리머니를 선보이죠."

"하!"

"어휴." 내가 한숨을 쉬었다.

"어휴, 점프해 착지하면서 두 팔을 옆으로 펼쳐 알파벳 A를 만드는 세리머니 말이에요. 그것도 몰라요?" 꼬마는 한심하다는 듯이 나를 쳐다보며 말했다.

아니, 나도 알고 있고. 근데 잠깐만, 모든 사람이 굳이 이걸 알아야 하나? A 세리머니 모르면 한숨 쉴 정도로 멍청한 건가? 나는 어이가 없었다.

"호날두는 그날 15분 뒤 역습 상황에서 전력 질주해 왼발 슛으로 한 골을 더 넣어 '한물간 것 아니냐'는 우려를 단숨에 불식시켰죠."

사장은 마치 중학교 2학년 소년으로 돌아간 것처럼 흥분해 있었다.

"맞아요!"

"호날두는 레알에서도 리그 일곱 번째 경기까지 침묵을 지켰죠. 우리 팬들이 걱정을 얼마나 했는데요. 근데 여덟 번째 경기부터 골을 터뜨리고 27경기에서 26골을 넣으며 시즌을 마쳤죠."

"맞아요. 사수올로전 끝나고 호날두는 '팬들의 기대에 부응하지 못해 나도 조금 걱정됐지만 결국 골을 넣었다. 매우 행복하다'고 말했다고요. 제가 얼마나 걱정했는데 이렇게 말까지 해주니 얼마나 고마운지."

이제 이 꼬마는 눈물까지 흘릴 기세였다.

"근데 이번에 석유국에서 무지하게 돈 많이 받고 먹튀 하고 있는 건 어쩔 거죠?" 내가 질 수 없어서 공격했다.

"그건 제가 설명해 드리죠." 사장은 이제 나한테까지 존댓말을 쓰며 호날두를 변호했다.

"설명해 보세요!" 내가 빈정거리며 말했다.

"일전에도 한 구단에서 아주 큰 돈을 들여 호날두 선수를 영입한 적이 있었죠. 그때도 분명히 우려가 있었습니다. 호날두의 나이를 보면, 과연 정말 이적료 1,300억에 매년 400억씩 줘가며 써야만 할 선수가 맞을까? 하는 우려였죠. 사실 언제 기량이 하락해도 이상하지 않을 나이니까요. 그렇지만 챔스 우승을 할 수만 있다면 아깝지 않을 돈이었습니다."

"할 수만 있다면 말이죠." 내가 비꼬면서 말했다.

"호날두의 그 전 시즌 후반기의 모습만 보여준대도 아깝지 않을 돈이 죠. 그런데 혹시 우승을 못 하게 된다면? 저번 시즌 전반기의 모습밖에 는 보여주지 못한다면? 저 돈은 너무 큰 손해로 보일 것은 사실이었습니다. 아무리 마케팅적인 측면이 있다고 하더라도요."

사장의 설명을 듣고 있는 꼬마는 몰입했는지 눈물까지 글썽거렸다.

"그 돈이면 더 젊고 실력도 아주 좋은 빅스타를 영입할 수도 있었을 거 같은데요?" 내가 꼬마의 흔들리는 눈망울을 보며 기세등등하게 말했다.

"저는 언제나 호날두를 믿어요." 꼬마는 울먹거리며 말했다.

"호날두 팬분들 중에는 팀의 성적보다 호날두의 성적이 더 중요한 분도 있는 거 같아요. 우리 셋 다 같은 마음일 겁니다." 사장이 지껄였다.

우리 셋이라고? 이 사장 놈이 미쳤나?

"호날두 선수 이적 관련해서는 예전이나 지금이나 논란이 많습니다. 그건 사실이에요. 사실 은퇴에 가까운 나이가 되었고요. 그러나!" 사장은 꼬마에게 티슈를 건네주며 말했다.

"그러나?" 꼬마는 눈물을 훔치며 물었다.

"호날두는 역사상 누구보다 훌륭한 선수로서 업적을 세웠기 때문에 걱정 안 하셔도 됩니다."

"아……."

"호날두보다 젊은 선수 중에 호날두만큼 하는 빅스타가 누구 있죠? 메시? 살라요? 지금까지 어떤 훌륭한 선수도 전성기 때의 호날두만큼 폭발적인 활약을 보여주지 못했습니다. 저도 호날두 걱정이 되는 건 사실입니다. 인간은 나이가 들 수밖에 없는 것이니까요."

꼬마는 이 말을 듣고 손가락을 하나둘 꼽으며 세월에 따라 흘러가는 나이를 계산하는 것 같았다. 사장은 산수할 시간을 주지 않고 말을 계속

했다.

"하지만 저는 걱정하는 대상이 호날두라 걱정이 덜한 것 같습니다. 포르투갈, 잉글랜드, 스페인 등등 세계 최고의 리그에서 활약했고 꾸준히 성적도 좋았습니다. 리그에 따라 그리고 나이를 먹음에 따라 스타일을 바꾸면서 오프더볼이 완성되었고요. 나이는 사실 숫자에 불과한 겁니다. 이번에 호날두를 영입한 구단에서 같은 돈으로 다른 어린 빅스타 선수를 살 수 있었을 것입니다. 현 시장에서 비슷한 이적료로 영입할 선수는 음바페나 홀란드 정도지 않았을까요? 이 선수들도 훌륭한 선수긴 합니다. 하지만 호날두 정도로 화제가 되거나 파급력은 없습니다. 음바페도 어린 시절부터 지금까지 자신의 영웅은 호날두라고 하지 않았습니까?"

찾아보니 '오프더볼'의 뜻은 온더볼의 반대되는 개념으로, 선수가 경기에서 공을 소유하고 있지 않을 때의 움직임을 뜻하는 축구 용어라고 한다. 한국어로는 '위치 선정'이 가장 비슷한 의미라고 적혀 있었다. 호날두 요놈이 돈을 제일 많이 받는 위치는 기막히게 선정하는 것은 사실이었다.

"맞아요, 맞아요. 호날두를 영입하는 데는 돈은 문제가 아니에요." 꼬마가 맞장구쳤다.

"그리고 호날두를 영입한 것이 비단 돈 때문일까요? 호날두가 옴으로써 일단 팀의 위상이 올라가잖아요. 호날두 한 사람이 온 것뿐입니다. 하지만 호날두가 들어오고 나서 찾아오는 팬들의 수는 수백만 명이 넘고, 집에서 TV로 보고 있는 사람들도 몇백 배, 몇천배 늘었을 겁니다. 이제 아랍국에서 축구 중계가 시작하기만 하면 사람들이 TV 앞으로 모여들 겁니다. 이런 단순한 사실이 호날두의 영향력을 짐작케 합니다. 호날두가 단순히 축구만 하는 30대 선수라면 1년에 2,700억이라는 연봉이 조금 아까울 수도 있다고 봅니다. 하지만 이 선수는 웬만한 대통령이 가지는 파급력을 지닌 인물입니다. 클럽의 역사를 넘어 축구 역사 교과서에 남을 만한 이적이 아니었나 싶네요."

2,700억? 1년에? 이런 씨발. 게다가 사장은 이제 호날두를 역사책에 이름을 남기는 왕이나 대통령급의 인물로까지 끌어올렸다.

"맞아요. 맞아요." 이제 꼬마는 신나서 사장의 말을 집중해 듣고 있었다.
"돈보다는 위상이라고 생각합니다, 위상. 호날두는 마흔에 가까운 나이임에도 불구하고 마흔을 축구하기에 딱 좋은 나이라는 숫자로 만들어버릴 사람입니다. 호날두는 누구보다도 골맛을 잘 탐지하는 선수이기도 합니다. 호날두처럼 아주 뛰어난 선수라고 해서 부진이 없는 것은 아닙니다. 하지만 골 기록이 뒤처져 있을 때가 바로 슈퍼스타의 진면목이 드러나는 때입니다. 호날두는 뒤처져 있어도 한 번 살아나면 추격하는 속도는 정말 엄청납니다."
"그죠. 아무리 팀에 음바페나 홀란드가 팀에는 더 도움이 된다고 해도 호날두만큼의 파급력은 없죠. 메시 정도만 가능할까요? 더 젊고 앞날이 창창한 빅스타는 요즘 같은 때 저 돈 주고 못 사고요."
"바로 그 점입니다. 고객님 말씀대로 다른 젊은 실력 있는 선수들 저

돈으로 못 데려와요. 그리고 젊은 선수들 중에 호날두만큼 승부사 기질이 있는 선수도 없고요. 승부를 확실하게 건져낼 선수 자체도 없고요. 호날두가 무수한 해 동안 여태껏 보여준 기량에도 못 믿는 사람들의 마음이 아마 호날두를 불혹에 가까운 나이에도 불구하고 아직 뛰게 하는 걸 겁니다."

사장은 이 말을 하면서 나를 쳐다봤다.

"아. 호날두." 꼬마는 마치 다 자기 잘못이라는 듯 가슴을 움켜잡았다.

"호날두는 본인을 못 믿는 사람들한테서 동기부여를 받습니다. 사우디아라비아 리그에서도 소속팀에 결국 우승컵을 안겨줄 것입니다. 전에 호날두 소속팀 팬카페 회원일 때도 호날두가 조금만 못하면 비난 글이 진짜 많이 올라왔었는데, 항상 실력으로 다 덮어버렸습니다. 그러고는 호날두 걱정은 하는 게 아니라는 후회글들이 계속 올라왔죠. 하지만 다 의미가 있는 걱정들입니다."

"의미라니요?"

"이런 한 명, 한 명의 걱정들이 모두의 원기옥으로 모아져 호날두에게 강력한 한 방을 때려낼 에너지를 주는 것입니다. 이미 마흔에 가까운 나이라 최고 기량을 보여주기 힘든 나이가 된 건 맞지만 지난 시즌 후반기와 월드컵에서 잘한 걸로 봤을 때 급격히 나빠질 것 같지도 않습니다. 한 1년 정도만 지켜봐 주시면 개인적으로 엄청 고마울 것 같습니다."

와, 이놈의 사장 꼬맹이의 코 묻은 돈을 1년이나 뜯어낼 생각이었다.

"맞아요."

"저도 너무 희망에만 차 있으면 안 되고 걱정되는 게 당연하다고 생각합니다. 슈퍼스타의 위상, 마케팅적인 부분까지 생각하면 돈이 안 아깝다? 이것도 호날두가 지금 수준 유지할 때 얘기죠. 걱정하셔야 합니다, 아니 걱정하는 게 당연하십니다."

"아까는 호날두 걱정은 하는 게 아니라고."

내가 끼어들어 봤지만, 사장은 들은 체 만 체하며 말을 이어갔다.

"저도 안 그러길 바라지만 호날두 나이와 스타일을 보면 당장 내년에 실력이 훅 떨어져도 이상할 게 없습니다. 우리가 봐왔듯이 아무리 슈퍼스타라도 폼 떨어진 스타에 대한 축구팬들의 팬심은 정말 냉혹하죠. 특히 나이가 차서 폼이 떨어지면 팬들은 다시 살아날 거란 희망 따위는 버리고 확 돌아섭니다."

사장은 이 말을 하면서 나를 쳐다보았다. 아마 헛소리하지 말고 계약서나 가져오라는 사인인 듯했다. 사장은 말을 계속했다.

"호날두가 잘하면 알 나스르는 한국선수를 팼다는 패륜 구단의 이미지를 벗을 수 있을 겁니다. 고객님도 아시죠? 호날두가 속해 있는 팀의 선수가 우리나라 국적의 남태희 선수를 쥐어팬 사실을요."

"네? 정말인가요?"

"네. 정확히 2015년 5월 7일에 벌어진 일입니다. 남태희 선수는 카

타르 스타즈 리그 레크위야팀의 핵심 선수로 활약하고 있었죠. 2013-2014년 시즌에서는 24경기에서 12골을 기록하면서 핵심 선수로 레크위야팀의 리그 우승에 공헌했습니다."

"오? 그런 한국 선수가 있었어요?"

"네. 그런데 2015년 5월 7일에 원정 경기로 치러진 알 나스르와의 경기에서 사건은 일어났죠."

"오? 어떤 사건이."

"경기가 끝난 후에 알 나스르의 선수인 파비앙 에스토야노프가 뜬금없이 남태희 선수의 뒤통수를 때렸습니다. 선빵을 치고 마구잡이로 때렸어요. 이렇게 마구잡이로 쥐어패는 장면이 생방송으로 중계되었습니다. 전 세계가 남태희 선수가 얻어맞는 모습을 지켜보았습니다."

"정말이에요?"

"네. 남태희 선수의 따님과 아드님도 나중에 커서 아빠가 뚜드려 맞는 모습을 인터넷에서 볼 거 같습니다. 진짜 국치일이라고 할 수 있었습니다. 나라 전체가 부끄러워해야 할 날이었죠."

"아, 정말."

"호날두의 영입은 이미 어느 정도 갖고 있는 패륜 · 폭력 구단의 이미지도 강해질, 어 씨. 미안합니다. 약화시킬 수 있을 겁니다. 호날두 걱정은 당연합니다. 호날두가 파격적인 활약을 보여주지 못하면 실패한 영입이라는 소리를 들을 겁니다. 그렇게 되면 마케팅적인 가치도, 연봉도 몇백억 밖에 못 받는 선수에 비해 뚝 떨어질 수도 있구요."

"그러면 안 돼요!"

"큰일이죠?"

"물론 큰일이죠."

"물론 저도 호날두가 원체 프로페셔널하고 또 그 팀 감독인 프랑스 축구선수 출신 뒤디 가르시아 감독님을 믿어요. 가르시아 감독은 강등권까지 순위가 추락한 올랭피크 리옹을 챔스 4강에 올리는 업셋을 선보이며 주목받은 감독이죠. 이 둘 때문에 그런 일은 없을 거라 낙관하지만 고객님이 말도 안 되는 걱정을 하시는 건 아니라는 생각입니다. 그래서 대비가 필요한 겁니다."

"어떤 대비가 필요할까요?"

"기운입니다."

"네? 기운이요?"

"우리 모두 기를 모아서 호날두에게 보내야 합니다."

"그 기는 어떻게 모으면 되는 거죠?"

"고객님 혹시 피파 온라인 하십니까?"

"네. 물론이죠."

"혹시 현질도 하시나요?"

"물론이죠. 저 호날두, 메시, 손흥민, 케인 다 데리고 있어요."

"아. 그 정도면 하루에 만 원 정도는 쓰시겠네요."

"네."

"피파 온라인 만능형 공격수 호날두는 슛이면 슛, 헤딩이면 헤딩 완벽 그 자체인 건 아시죠."

"물론이죠."

"엄청난 금액을 써야 데려올 수 있는 호날두! 지금 재롯값이 저렴해서 강화데이까지 3강 만들었다는 둥, 게이지 4칸 이상인데 2번이나 터져서 100억 정도 날렸다는 둥, 경기장을 어슬렁어슬렁 걸어 다녀서 거북두 아니냐? 패스만 하면 삑사리가 나서 삑날두 아니냐 하는 사람이 있습니다. 이건 토츠22 호날두가 아니라서, 또 돈을 충분히 쓰지 않아서입니다. 토츠22 호날두가 기존의 WC 호날두랑 1,300억의 가격 차이가 있다는 사실은 알고 있습니다. 하지만 제 가격을 지불한 토츠22 호날두는 센터 포워드에 써도 웬만한 선수보다 좋을 정도로 스텟이 골고루 잘 빠져 있습니다."

내가 계약서를 프린터 하는 중에 사장과 그 꼬마는 도저히 알아들을 수 없는 온라인 게임 관련 이야기를 했다. '섭종 전에 은카 만들어 줄게, 평생 가자'라며 둘이 끌어안고 갖은 지랄을 떨더니 결국 꼬마는 계약서에 사인까지 했다.

꼬마가 계약을 마치고 자기가 지금 무슨 짓을 했는지 모른 채 멍하니 앉아 있자 사장은 이렇게 말해 주었다.

"사실 걱정이야 호날두든 빌 게이츠든 걱정될 수 있고, 그게 불합리한 생각은 절대로 아닙니다. 그렇지만 알 나스르가 그 돈 아꼈으면 다른 좋은 선수 살 수 있다는 것 자체가 정말 큰 착각입니다. 절대 안 삽니다. 축구에 보장된 성공이라는 게 어디 있어요. 호날두 이적이 찬란하게 빛나는 황금빛만을 가져온 것만은 아닙니다. 호날두 본인에게도 그리고 팀에게도 많은 그리고 험난하고도 엄청난 도전이 될 겁니다. 성공했을 때는 팀의 미래, 리그에서의 위상 등 많은 것을 바꿔버릴, 정말 큰 도전이고 담대한 이벤트입니다. 고객님이 걱정하시는 것 역시 이해는 가지만 그만큼 팬으로서 더욱더 많은 응원이 필요할 때인 것 같습니다."

"맞습니다."

사장은 왼쪽 손에 찬 염주 알을 하나하나 굴리더니 꼬마의 두 손을 잡고 이렇게 주문을 걸었다.

"나민마민 나민알민."

이건 인터넷을 찾아봐도 뜻풀이가 나오지 않는다. 대충 뭔 상황이 일어나도 괜찮다, 믿는다는 축구팬들끼리의 주문이라고 했다.

#10
꼬마들의 걱정

단타로 꼬마들의 코 묻은 돈을 따먹는 일은 계속되었다.

"친구들이랑 여름방학 하자마자 캐비 가기로 했거든요. 저까지 삼총사예요. 원래는 이번 주 일요일 날 셋이서 가기로 했는데요. 제가 오늘 티켓 사려고 했는데 갑자기 엄마가 생각을 잘못했다면서 생각해 보니 코로나도 있고 좀 그렇다고 약속 취소하라고 그러시는데, 저 빼고 둘이서 가는 게 조금 그러잖아요. 제가 그 둘의 입장에서도 그러고 제 입장에서도 그런데. 친구들은 티켓을 벌써 다 샀거든요. 친구들한테 말해야 하는데 어떤 식으로 말해야 할까요? 너무너무 미안하네요. 진짜로, 어떡하죠? 진짜 너무 미안하고 현타 오네요."

"네? 초등학생 셋이서 캐비어 먹으러 가기로 했다고요?"

사장은 이번 계약이 오래가지 않을 것 같다는 예감으로 성의 없이 답변하는 것 같았다.

"사장님 캐리비안베이. 그것도 몰라요?"

내가 끼어들었다. 나는 이 정도는 내가 처리할 수 있다는 사인을 날리고 말을 계속했다.

"일단 친구들에게 빠르게 상황을 이야기하고 먼저 캐비 쪽에 환불 부분이나 변경 부분을 문의해 봐야 할 것 같아요. 아마 아직 가기 전이라면 환불도 가능할 거라 생각해요. 환불이 안 된다면 당근마켓이나 중고거래로 원래 가격보다 조금 낮춰서 팔면 친구들 금전적인 손해도 어느 정도 막을 수 있을 거라 생각되는데요. 일단 얼른 친구들에게 이야기해서 같이 해결책을 찾는 게 좋아 보입니다! 이해해 줄 거예요."
"그 전화를 못 하겠으니까 걱정이죠."
"진짜 뭣 하시면 저희가 이야기해 드리겠습니다."

내가 그냥 아이를 집에 보내려고 하는데 갑자기 사장이 끼어들었다.

"고객님, 연애는 타이밍인 거 아시죠?"

사장은 미간을 찡그리고 눈을 게슴츠레하게 떴다.

"네? 사장님 지금 캐비 얘기하는데 갑자기 무슨 연애 삼천포로 빠지시는 거예요!"

사장은 초등학생 아이에게 갑자기 연애 이야기를 꺼냈다. 그런데 그 초등학생 남자아이의 반응이 가관이었다.

"물론 알죠. 타이밍이 제일 중요하죠. 이번에 캐비 가서 쐐기를 박으려고 했다고요."

뭘 박아? 아. 진짜 요즘 초등학생들.

"역시 잘 아시네요. 연애의 고수 같아 보였어요. 그러니까 저희가 타이밍을 잘 보고 전화를 드려야 해요. 그 여름방학 시작이 언제죠?"
"6월 말일쯤이에요."
"그럼, 저희가 그때 맞춰서 전화를 드리겠습니다. 저희만 믿으세요."

사장은 이렇게 얘기하고 이런 이유 저런 이유로 그 아이 친구에게 연락하지 않았다. 가끔씩 그 초등학생 남자애가 전화를 했냐고 문의 전화가 오긴 했다. 내가 두 사람의 이야기를 들었는데 정작 중요한 이야기는 하지 않고 둘이서 무슨 연애 이야기나 반에서 누가 제일 예쁜지 같은 시답잖은 화제로 이야기꽃을 피웠다. 이 초등학생 손님은 캐리비안베이를 같이 가기로 한 여자애들 중 하나를 좋아하는 모양이었다. 마치 하기 싫은 일을 내버려 두고 다른 말초적인 기쁨을 주는 일을 열심히 하는 게 꼭 나 같았다. 그 아이는 매일 만 원씩 내면서도 불만이 없었다. 사장과

한창 자극적인 얘기를 나누며 내일은 꼭 전화를 하자고 의기투합했기 때문이다. 여름방학이 시작할 때까지 장장 9개월을 전화하지 않았다. 그리고 우리 회사는 9개월 치인 275일의 걱정 비용, 275만 원을 중학생 아이 용돈으로부터 챙겼다.

그런데 6월의 어느 날 사장은 실제로 아이의 친구들에게 전화를 돌리며 마지막에 이 말을 덧붙였다. 친구와의 약속이든 결혼 약속이든, 어린애와의 약속이든 약속은 절대로 깨서는 안 된다는 말이었다.

#11
걱정보험 회사 사장의 비밀

우리 사업은 날로 번창했다. 우리 둘이 한 일이라고는 사무실에서 종류별로 배달음식만 시켜 먹다가 손님 오면 이야기 좀 들어준 거밖에는 없었다. 그래도 우리에게 매일매일 만 원씩 갖다 바치는 사람은 나날이 늘어갔다. 우리가 사실 하루에 만 원씩이나 내는 사람들에게 해주는 일은 하나도 없었다. 앉아서 입만 털었다. 그래도 사람들은 우리 덕분에 걱정을 덜게 되었다며 감사해했다. 나는 사장이 어떻게 이렇게 걱정하는 사람들의 심리를 꿰뚫고 있는지 궁금해져서 참을 수 없었다.

"사장님 진짜 뭐예요?"
"뭐가 뭐야?"

사장은 열심히 자장면을 먹다가 얼굴을 들었다. 사장의 입 주위는 물론 코 옆에도 크게 자장소스가 묻어 있었다. 오른쪽 코 옆에 커다란 까만 점 하나가 박힌 것 같았다. 하마터면 아씨, 왜 이렇게 못생겼어? 라는 말이 튀어나올 뻔했다.

"손님들한테 보험 팔게 아니라 병원 정신과부터 안내해야죠!"

"왜?"

"아니. 지금까지 만난 사람들 정도면 다들 정신병 아닌가요?"

"우리나 병원 정신과나 해주는 건 별반 다를 것도 없어. 우리가 약 처방만 못하는 것뿐이야."

"사장님."

"어?"

"이거 불법 무자격 진료 뭐 이런 거거든요."

"뭐라고?"

"저 월급 안 받아도 좋으니까 이런 식으로 영업하지 말아요, 우리."

"뭐? 월급을 안 받고 무보수로 일할 거라고?"

나는 말실수를 했다 싶어 얼른 주제를 바꾸었다.

"근데 도대체 어떻게 그렇게 걱정하는 사람들 마음을 잘 알아요?"

"내가 말이지, 이걸로 논문까지 쓴 사람이야."

사장은 굵은 자장면 면발 두 개를 후루룩 입안으로 빨아 넣더니 의기양양하게 배를 내밀며 말했다. 면이 입에 빨려 들어가면서 튄 자장소스가 사방에 묻었다.

"거짓말 마세요. 그런 논문이 어디 있어요?"

"이게 사람 못 믿네."

"그럼 논문 제목이 뭔데요? 무슨 내용인데요? 그것 봐요. 거짓말이니까 말 못 하죠?"

"내가 말이지 인류 역사상 처음으로 스스로를 피곤하게 만드는 투머치 걱정 유형을 분석했단 말이지."

"그런 것도 논문이 돼요?

"나를 우습게 보는 경향이 있는데, 나 이걸로 박사학위까지 받은 사람이야."

"박사라고요?"

"일단 정직원이 됐으니 좀 제대로 아는 것도 필요하겠구먼. 걱정이 많은 사람, 즉 우리가 집중적으로 영업해야 할 사람들은 크게 다섯 가지 유형이 있으니 잘 들어요. 이런 사람이 있으면 친구든 엄마든 남자친구든, 시아버지 시어머니든 무조건 우리 회사에 데려오란 말이야."

"엄마도요? 아 진짜 사장님 또 선 넘으시네."

"직원 가족은 50퍼센트 할인 들어간다."

"저한테까지 약 팔지 마시고 얼른 설명이나 해주세요."

"스스로 걱정의 늪에서 헤어 나올 수 없는 사람은 크게 다섯 가지 유형으로 나뉘는데, 첫 번째는 일어나지 않을 일을 미리 걱정하는 유형. 두 번째는 최악의 상황을 상상하는 유형. 세 번째는 남 걱정을 과하게 하는 유형. 네 번째는 '만약에'라는 가정을 세우는 유형. 마지막 다섯 번째 유형은 자신이나 타인의 안전, 건강을 지나치게 걱정하는 유형이지."

"어? 제 주변에 그런 애들 많은데."

"그러니까 잠재고객들은 넘쳐난단 말이지. 영업을 안 하고 있을 뿐이야. 직원 친구는 10퍼센트 디씨."

"사장님 자꾸 선 넘으시는데 사장님한테 속아서 잡혀있는 건 저 하나로 족하거든요. 약 팔지 마시고 유형별로 걱정 안 하는 방법이나 좀 알려주세요."

"주변에 이런 사람이 많나 봐?"

정말이었다. 사실 우리 엄마를 포함해 내 주변 사람 모두는 저 다섯 가지 유형 중 하나에 속했다.

"그건 사장님이 신경 쓰실 일이 아니고요. 제 주변 사람들은 제가 알아서 할 테니까 어떻게 걱정 안 하는 지나 좀 알려주세요."

"내가 원래 이런 건 아무한테나 안 알려주는데 우리 귀여운 직원이니까 얘기해 준다."

"성희롱 발언 한 번만 더 하시면 확 노동부에 찌를 거니까 빨리요."

"먼저 첫 번째 타입. 일어나지도 않은 일을 걱정하는 사람은 쓸데없이 에너지를 소비하는 타입이지. 상황이라는 건 언제든지 변할 수 있는데 부득이 지금의 염려를 대입해 걱정할 필요는 없는데 말이지."

"그게 무슨 말이세요?"

"그러니까 사람들이 걱정하는 일 중에 80퍼센트 이상은 실제로는 안 일어난단 말이야. 또, 당장은 해야 하는 일이 불가능하거나 어려운 일이 닥칠 거 같지만 시간이 지나면서 상황이 바뀔 수도 있어. 아니면 본인이 자각하고 피할 수도 있지. 문제는 그걸 안 하는 거야. 걱정만 하고 앉아 있는 게 문제지. 그런 경험 있지 않아? 뭔가 엄청 걱정하고 있었는데 갑자기 취소가 됐다던가 뭐 그런 일?"

"아, 있어요. 있어요."

"옛날에 베스트셀러였던 책 《시크릿》 알지?"

"아, 들어는 봤어요. 근데요, 사장님?"

"어? 왜?"

"근데, 저 사장님 세대 아니거든요."

"어쨌든 그 책에서 계속 우주에 메시지를 보내라고 하거든."

"네? 우주에요? 화성도 아니고?"

"허무맹랑한 이야기일지 몰라도 입 밖으로 계속 꺼내게 되면 실제 이루어질 확률이 커지기 때문이지. 그러니까 일어나지 않은 일에 대해서 걱정만 하는 건 아무런 해결책이 되지 못해요. 그 시간에 만약에 그 일이 닥치면 어떻게 할지 준비나 하는 게 더 나아. 계속 안 일어날 일에 대해서 걱정하고 그 생각만 하면 오히려 그 일을 끌어들이는 꼴밖에 안 되니까."

"아."

"그리고 두 번째 유형. 최악의 상황을 예상해 보는 것은 매우 중요해요. 우리 인간은 정말 '만약'이라는 가정하에 일어날 수 있는 최악의 상황에 대비해야만 생존하기 때문이지. 지금까지 인류가 이 본능 때문에 살아남은 것도 사실이고. 군인들도 플랜B라는 것을 만들어서 살아남는 거고. 근데 이 유형의 사람은 무슨 일을 하든지 최악의 상황을 가정하고, 걱정부터 하기 시작하지. 그리고 그 과한 걱정 때문에 본인 스스로를 정신적으로 옭아매기도 하고."

"맞아요. 제 주변에 그런 사람 있어요."

"또 모든 일에 최악의 상황을 대입하다 보니 늘 불안한 마음으로 지낼 수밖에 없고."

"맞아요. 맞아요. 와 진짜 우리 엄마 때문에 미치겠다니까요. 제가 무슨 밤에 편의점에만 나가도 큰일 날 줄 안다니까요."

"결국 우주의 힘을 모아서 최악의 상황을 만들어 내지."

"제 말이요."

"그러니까 엄마를 데려오라니까."

"사장님!"

나는 진심으로 짜증이 확 올라와서 소리를 빽 질렀다.

"농담이고. 누군가가 나를 걱정한다는 것은 그만큼 관심을 받고 있다는 얘기에요. 그런 관심이 매우 감사하지만 때로는 부담스러울 때가 있지. 왜냐하면 그 '정도'가 지나치기 때문이에요."

"맞아요. 진짜. 우리 엄마 진짜 정도라는 걸 몰라요."

"무슨 말이나 행동만 했다 하면 걱정부터 하기 때문에 그 사람한테는 사실을 말할 수 없을 때도 있지요."

"맞아요, 맞아. 그래서 엄마한테는 진짜 본의 아니게 거짓말하게 된다니까요."

"게다가 정도가 심해질 경우에는 나를 이렇게 믿지 못하나? 내가 이런 일도 혼자 하지 못할 거라고 생각하나 하는 생각이 들 수도 있고."

"진짜 100퍼센트 공감."

"엄마 같은 사람이 자신의 오래된 습관에서 벗어나는 길은 단 한 가지예요."

"그게 뭔데요?"

"내가 볼 땐 엄마는 최악을 가정하는 두 번째 유형과 남 걱정하는 세 번째 유형에 동시에 속하니깐 더 힘들어요. 이런 하이브리드 유형은 이것만 명심하면 돼요."

사장은 마치 우리 엄마를 잘 아는 사람처럼 말했다.

"그게 뭔데요? 알려주세요."

"최악의 경우에 대비하는 거랑 남을 걱정하는 건 좋은 일이에요. 근데 뭐든 과하면 모자라니만 못한 법이다. 적당한 관심과 배려가 있을 때 그 관계가 훨씬 이상적이라는 것을 잊지 않으면 돼요."

나는 어느새 사장의 말에 빠져들어서 엄마에게 들려주기 위해 메모까지 하고 있었다.

"네 번째 유형은 엑셀에서는 IF 함수만 좋아할 것 같고, 영어에서는 IF 절만 사용할 것 같은 '만약에' 유형. 굳이 필요 없는 상황을 일부러 만들고 상상의 나래를 펼치는 유형이죠. 그렇게 시작된 '만약에'는 끝을 모르고 꼬리에 꼬리를 물며 계속해서 만들어지죠. 걱정은 '만약에'라고 생각하기 시작하면 끝이 없어요. 화성에서 1억 년 후에 태어날 아메바 걱정까지 하게 된다니까. 이렇게 툭하면 가정을 해서 걱정하는 버릇도 습

관인 경우가 많죠. 무슨 일만 있다면 부정적인 뉘앙스의 만약에로 시작
해서 전체 분위기도 다운시키고."

"진짜 그런 애 있어요."

"물론 가정한다는 것이 나쁜 것은 아니에요. 만약에로 시작한 호기심
은 새로운 각도로 상황을 볼 수 있는 첫걸음이기 때문에."

"그럼 이런 애들한테는 뭐라고 말해 주면 돼요?"

"이런 유형은 이것만 알면 돼요."

"그게 뭔데요?"

"만 원 내."

"예?"

"아. 재미없었나."

"재미없으니까 논문 내용이나 계속 알려주세요."

"다 좋은데, 다만 일부러 상황을 악화시키는 듯한 가정법은 사용하지
않는 것이 좋다."

일부러 상황을 악화시키는 가정법만 조심하면 된다, 나는 사장의 말
을 반복하며 메모했다.

"그럼 이제 자장면이나 마저 먹을까?"

"잠깐만요 사장님!"

"왜?"

사장은 자장면 그릇에 젓가락을 꽂다 말고 나를 올려다보았다.

"마지막 유형을 빠뜨리셨잖아요. 아까는 다섯 가지라고 하고서는."

"다섯 번째? 그거 뭐였지?"

"진짜 미치겠네. 아, 진짜 이런 분이 어떻게 박사학위까지 받으셨을까?"

"박사학위는 표절 안 하고 나 혼자서 잘 알아서 받았으니까 걱정하지 말고. 다섯 번째 유형이나 빨리 말해 봐."

"제가요?"

"그럼 누가 얘기하나?"

사장은 다섯 번째 유형 이야기를 꺼내기 싫어하는 기색이었다. 무슨 마가복음인가 마라볶음인가를 통째로 외우는 사람이 겨우 다섯 가지 걱정 유형을 못 외운다는 게 말이 되지 않았다.

"자신이나 타인의 안전에 대해 지나치게 걱정하는 타입이요!"

"아, 맞다. 그랬지. 최근 몇 년간 안전사고가 많았잖아요?"

"네. 진짜 친구들 중에 티브이에서 사고 난 거 보고 자기도 사고 날 거처럼 맨날 걱정하는 애들 있었어요."

"세상이 위험하고 여러 유해 환경에 노출되어 있다 보니 안전이나 건강에 대해서 신경 써야 하는 건 당연하죠. 그래서 안전이나 건강 같은 문제에 대해서는 내가 나를 위해 하는 걱정이나 가족이나 친구를 위해 걱정하는 정도는 나쁘지 않아요. 대신 너무 지나치면 안 된다는 게 포인트죠. 아무리 좋은 말이라도 자꾸 듣게 되면 잔소리처럼 들리게 되니까."

"맞아요. 뭐도 안 한다. 뭐도 하지 마라. 진짜 우리 엄마 때문에 미친

다니까요."

"분명 나를 걱정해 주며 하는 말이겠지만 상대방으로부터 안전이나 건강 문제에 대해서 반복적으로 얘기를 듣다 보면 당연히 질릴 수밖에 없어요. 또 오히려 그 문제에 대해서 무감각해지는 정반대 현상이 나타날 수도 있으니까요."

"진짜 맞아요. 이제 그냥 그러려니 하잖아요."

"그리고 가까운 사람이 매일 걱정하면 자기도 모르게 배우게 되는 게 가장 큰 문제예요."

내가 엄마를? 나는 이 문제에 대해서는 생각하기 싫어져서 화제를 돌렸다.

"근데 사장님 저 이거 하나만 여쭤봐도 돼요?"

"뭔데?"

"사장님은 왜 걱정하는 사람에 대해서 연구하신 거예요?"

"그게 그렇게 궁금해?"

"네. 진짜, 진짜 궁금해요. 사장님 저도 이제 사장님이랑 같은 배에 탔잖아요."

"같은 배?"

"네. 만약에 우리 회사가 사기죄로 고소라도 당하면 저도 공범자라고요."

"공범자? 우리가 잘못한 게 뭐가 있는데?"

"그러니까 과다하게 걱정하는 사람들 이용하는 거잖아요?"

"뭐라고?"

"저희가 걱정 많은 사람들 이용해서 돈 벌어먹고 사는 거 아니에요?"

"그 사람들이 우리를 이용하는 거지."

"저는 그렇게 생각하지 않는데요."

"걱정 많았던 시절 벌써 잊어버렸어?"

"네? 걱정 많았던 시절이요?"

"그래. 걱정 많아서 잠도 못 자던 시절 벌써 잊어버렸냐고."

"그건 아니죠."

"지금은 어때?"

"네? 지금이요?"

"예전처럼 잠도 못 자고 밥도 못 먹고 하냐고?"

"아, 그건 멈춘 거 같아요."

"그러니까 이 일 시작하면서 걱정병이 사라진 거라고."

"아."

진짜 그랬다. 사장과 함께 걱정하는 사람들을 도와주고 있는 동안 내 걱정에 대해서는 까맣게 잊고 있었다. 내 걱정병에 대한 사장의 처방이 정말 효과가 있는 것은 아닐까.

"우리는 걱정하는 사람들을 도와주고 있는 거라고. 그리고 그 사람들은 우리 회사 서비스를 이용해서 안심을 얻는 거고."

"사장님."

"어?"

"제가 진짜 알고 싶은 거는요."

"그러니까 진짜 알고 싶은 게 뭔데?"

"아무 걱정도 없이 똥배만 나온 사장님 같은 사람이 왜 걱정 많은 남들 걱정을 하느냐고요?"

"내가 아무런 걱정이 없는 인간 같아 보여?"

"그렇죠. 아무 걱정 없으니까 맨날 점심 뭐 먹을지만 생각하고 살도 찌고 하시는 거잖아요?"

사장도 예전에는 지금 같은 상태가 아니었다고 한다. 살도 찌지 않았고 맨날 점심으로 뭐 먹을지만 생각하지 않았다고 한다. 남들 부럽지 않은 엘리트 코스를 밟고 남들이 들어가고 싶어 하는 회사에 입사했다. 남들이 부러워하는 결혼도 했다. 남들이 다 원하는 것을 가진 듯한 사장 자신은 정작 행복하지 않았다. 꼬리에 꼬리를 무는 걱정에 사로잡혀 있었기 때문이다.

"네? 사장님이요? 사장님 같은 사람이 걱정에 둘러싸여 있었다고요?"

"그래. 그래서 돌이킬 수 없는 짓도 저지른 거고."

"돌이킬 수 없는 짓이라고요? 걱정 때문에요?"

#12

친구 걱정

내가 궁금했던 사장의 과거가 드디어 까발려지려고 할 때 또 갑자기 누가 문을 열고 들어왔다. 학교 관련 걱정이었다. 회사 못지않게 학교 관련 걱정을 가지고 우리를 찾는 고객들도 많다. 학교나 회사 자체가 문제가 아니었다. 문제는 역시 사람이었다. 사람을 걱정하게 만드는 것은 사람과 다른 사람 사이의 인간관계였다.

"제가 쓸데없는 걱정을 너무 많이 해요. 그래서 조금만 걱정되면 친구에게 늘어놓는 습관이 있어요. 제 걱정 중에 많은 건 친구들 관계구요. 알아요. 한 친구랑 문제를 다른 친구한테 말하는 게 좋은 방법은 아니라는 거. 그게 또 계속 문제가 돼서 다른 친구들을 더 많이 신경 쓰게 되는 거 같아요. 몇몇 친구랑 완전히 절교하고 나서는 쓸데없는 걱정하는 게 많이 나아졌는데요. 그래도 완전히 고쳐진 거는 아닌 거 같아요. 저희 엄마도 저한테 쓸데없는 걱정을 너무 많이 한대요. 쓸데없는 걱정을 어떻게 없애죠?"

내가 사장의 과거를 건드려서 갑자기 폭주한 걸까, 평범한 질문에 우리 사장, 진짜 역대급 개소리를 시전했다. 온갖 잡지식이 무논리로 연결되어 있었다. 심리학에서 시작해서 종교학으로 넘어가 이슬람교까지 들먹였다.

"아니요. 절대 쓸데없는 걱정이 아닙니다. 먼저 심리적으로 접근해 볼게요. 친구든 마누라든 어떤 사람과의 문제라도 해결이 안 되었다면 걱정이 되는 게 당연한 일입니다. 미해결된 일이 잔재되어 기억의 저편으로 멀어져 있다고 칩시다. 그럼 또 새로운 사람을 만나 지내다 보면 예전에 했던 인간관계 걱정은 어느덧 멀리 떠나서 잘 기억조차 나지 않겠죠. 하지만 그 사람이 죽어버리지 않는 이상 그 사람과의 관계 문제를 해결해야 하는 순간이 옵니다."
"네? 죽여요?"

사장은 특유의 공감 능력도 내팽개치고 흥분해서 이야기를 이어갔다.

"그래서 그 일을 해결해야 하는 시간이 다가올수록 걱정에 더불어 조급함까지 생깁니다. 조급해하면 문제 해결이 더 어렵게 됩니다.
"아."

사장의 개소리를 매일 듣고 있는 나도 뭔 소린지 감이 잘 안 오는 심리학적 접근법이었다. 사장은 계속 짖었다.

"해결을 하려면 그 원인을 찾아서 규명을 하고 그 원인을 가지고서 본질적인 해결을 해야만 문제의 답이 나오기 때문입니다. 해결 또는 해소가 안 되면 문제가 머릿속에 파편으로 계속 남아 있기 때문에 걱정으로 변하는 것뿐입니다."

"아, 그래요?"

"네. 물론입니다. '그대여 아무 걱정 말아요. 우리 함께 그냥 노래합시다'라는 노래 가사가 떠오르네요."

뭐라고? 갑자기 노래한다고? 앞에 앉아 있는 고객도 갑자기 노래하자는 노래 가사를 들이밀자 어리둥절해하는 표정이었다.

"고객님은 걱정으로 낭비하실 시간이 없습니다. 청춘을 즐기기에도 부족한 시간이에요. 혼자 걱정하기보다는 저희 같은 프로한테 도움을 요청하셔야 합니다. 저희와 같이 제가 앞서 말한 본질에 접근해서 내가 어떤 것을 걱정하고 있는 것이고, 왜 이것들이 해결이 안 되는지 분석해나가면 됩니다.

"같이요?"

평소의 사장과는 달랐다. 말을 전혀 들어주지 않은 상태에서 갑자기 보험 계약을 들이밀려고 하고 있었다.

"네. 저희가 함께하겠습니다. 인간관계 문제는 일시적으로 해결되는 것이 아니라 우리가 식사를 하듯 식사를 안 하면 배가 고파 오듯 늘 해소를 해야 하는 것입니다. 항상 가까이 둬야 하는 것이 친구나 배우자라는 인간이니까요. 배가 고플 때마다 식사를 해야 하듯 항상 절교를 하지 않는 한 친구와의 문제는 잠시만 해소되었을 뿐 또 배는 고파 올 것입니다. 근본적 해결은 죽음뿐이겠죠."

"네? 죽어요?"

그날따라 사장이 자꾸 죽인다는 표현을 많이 쓰는 게 나도 이상했다.

"그렇게 극단적으로 생각하실 필요는 없습니다. 언제나 배가 부른 상태로 만들어 주면 됩니다. 저희 걱정보험 주식회사에서는 고객님의 걱정을 조그만 비용으로 맡아두었다가 실제로 일이 벌어지면 보상을 해드리는 식으로 배고프지 않고 영구적으로 배부를 수 있는 상태를 만들어드립니다."

"아 정말이요?"

"고객님이 만약 그 친구와 사이가 나빠져서 절교를 했습니다. 무엇을 걱정하는 거죠? 다른 친구를 사귀기 두렵다거나. 또 다른 친구와 절교하게 될까 하는 걱정을 하는 건가요?"

"그게."

말을 흐리는 손님이 생각할 겨를도 없이 사장은 개논리를 종교학으로 확장하기 시작했다.

"걱정을 할 시간에 친구라는 관계가 어떤 것인지 그 본질을 들여다보는 게 먼저입니다. 또래로 나이가 비슷해야만 친구인 건가요? 60세 연세의 할아버지가 힙합을 좋아하여 10대, 20대 젊은이들과 함께 힙합 춤을 추고 노래를 하는 것, 함께 어울리는 모습. 이런 것은 무슨 관계일까요? 친구가 아닐까요? 또 꼭 사람이어야 걱정을 나눌 친구인 건가요? 개는 안 될까요? 쥐는 안 될까요? 고객님의 집에 살고 있는 바퀴벌레는 안 될까요? 고객님처럼 친구가 있지만 생각이나 가치관, 사상관, 종교관 등등 모든 게 대립적이라면 친구가 아닙니다."

"맞아요. 제가 한 친구랑은 그런 게 모두 달라서 말만 하면 싸우고."

"고객님께 외국인 친구가 하나 있다고 가정해 봅시다. 그런데 이 친구는 이슬람교를 믿고 있습니다. 돼지고기 먹는 사람을 제일 싫어합니다. 하지만 한국인들은 삼겹살 없으면 살 수가 없죠. 아무리 서로를 좋아한다고 해도 식사 문화가 달라서 친구 관계가 멀어질 수도 있어요. 친구든 배우자든 함께 가장 많이 시간을 보내는 게 바로 식사이기 때문이지요. 고객님께서 배려할 수도 있죠. 그래서 그 친구와는 닭고기만 먹을 수도 있죠. 삼겹살이나 한우는 다른 친구를 만날 때 먹으면 되는 거니까요. 무슬림 친구는 고객님에게 엄지를 치켜들며 '너는 한국에서 만난 최고로 좋은 친구야'라며 아부적인 오버를 해줄 수도 있겠죠. 그럼 고객님의 기분이 좋아지는 것도 사실이고요. 고객님과 그 친구가 아무리 나이 차이가 많이 나도 진짜 친한 친구로, 한국에서 유일하게 믿을 만한 관계로 지낼 수도 있습니다. 고객님이 친구가 싫어하는 행동을 안 하거든요. 같이 닭고기만 먹거든요. 친구란 이런 것입니다. 걱정하는 일들을 위해서 제대로 된 친구와 함께 노력을 하는 것, 해결 방법을 찾아가는 것이 더 현명한 방법입니다."

사장은 이제 내가 알고 있던 모습으로 돌아와 있었다.

"아."

"저희 걱정보험 주식회사는 고객님의 가장 가까운 친구가 되겠습니다. 영원히 함께하는 배우자, 반려자가 되겠습니다. 걱정보험 주식회사는 고객님 나이대의 친구도 아니고 심지어 사람도 아닙니다. 하지만 걱정보험 주식회사는 고객님과 생각이나 가치관, 사상관, 종교관 모두를 공유합니다. 저희와 걱정을 나누는 방법은 간단합니다. 지금 이 서류를 작성하시고 자동이체를 신청하시기만 하면 됩니다. 그럼 걱정하고 계셨던 일들이 모두 걱정보험 주식회사에 넘어와 고객님의 매일 매일은 안심과 기쁨으로 바뀝니다. 저희는 고객님과 함께합니다, 영원히."

영원히 함께한다고. 우리가? 사장과 내가?

#13

세금 걱정

요즘 당근마켓 관련 보험가입이 많이 늘었다. 너무 많아서 다 보여줄
수는 없고 당근마켓 관련 제일 황당한 계약 몇 개만 소개한다.

"제가 당근마켓에서 상품권 사기를 쳤거든요."
"네?"

황당하게도 이 고객은 사기꾼이었다.

"10만 원짜리 하나 10만 원짜리 또 하나 총 합쳐서 20만 원을 사기
쳤어요. 제가 볼 땐 첫 번째로 사기당한 분이 신고한 거 같아요. 사이버
경찰에 신고한다고 하셨거든요. 경찰서에서 만나자고 협박하더라고요.
그리고 나서 기업은행에서 지급정지계좌 안내문자가 왔어요. 이거 확실
하죠?"

"그래서 두 번밖에 사기를 안 쳤는데 첫 번째 사람이 신고한 거 같다. 그래서 걱정이 되어서 저희 회사를 찾아오신 건가요?" 내가 어이가 없어서 물었다. 그래도 사장이 강조하는 공감의 대화법은 잊지 않았다.

"제가 폰 값도 내야 하고 대출 이자도 내야 하는데 이 부분에서는 어떻게 해야 할까요?"

"네? 어떻게 하긴 뭘 어떻게 해요?"

공감이고 뭐고 나는 짜증이 확 올라왔다.

"현재 계좌에 15만 원뿐이고 출금도 못하고 피해금을 돌려줄 수도 없는 상황인데 내일 은행 가서 제가 사기 쳤던 거를 인정하면 지급정지 풀릴까요?"

"여보세요. 저희는 변호사 사무실이 아니거든요."

내가 최대한 신고를 하지 않고 좋게 좋게 보내려는데 이 사기꾼은 남의 말을 듣는 타입이 아니었다.

"피해자와 어떻게 얘기해야 하고 저는 지금 무조건 계좌를 풀어야 하는데 어떻게 해야 할지 부탁드립니다."

'풀긴 뭘 자꾸 풀어, 이 사기꾼 새끼야!'라고 쏘아주려는데 더 사기꾼 같은 사장이 어김없이 등장했다. 어디서 똥그란 안경을 구했는지 완벽하게 원형을 이룬 안경을 끼고 있었다.

"고객님, 경찰에서 은행으로 지급정지 요청을 해서 그렇게 된 것이니, 형사사건이 종결된 후 경찰이 은행에 지급정지 해제 요청을 할 때까지 못 풉니다."

"정말이요?"

"형사사건도 무혐의로 종결되어야 풀어주겠지요."

"네? 형사요?"

"고객님 같은 경우의 사기죄는 민사가 아니라 형사로 처리됩니다. 사기를 친 사람에게 재산이 어느 정도 있어서 묶어 둘 수만 있다면 큰 문제는 없습니다. 피해자의 금전적 피해 회복이 가능할 수 있다면 무척 좋은 상황입니다. 고객님이 그 정도의 자산이 있나요?"

"자산이요?"

"아파트나 요트나 고급승용차 뭐 이런 걸 소유하고 계시냐는 겁니다."

사장은 자꾸 동그란 안경을 들었다 놨다 했다.

"아파트나 요트요? 저한테 그런 게 어디 있어요? 자전거도 없는데."

"고객님이 어느 정도의 자산이 있는 경우에는 상대도 민사소송을 진행하게 됩니다. 고객님의 재산을 정확하게 알고 있다면 가압류나 가처분 등 보전처분을 먼저 해두고 여유 있게 민사소송을 진행하게 되지요."

"자산이 하나도 없으면요?"

"피고가 자산이 있고 변제를 할 의무에 대해 다툼이 없는 경우라면 쉽게 풀립니다. 소송을 시작하자마자 피고가 다 인정하고 변제하면 쉽게 법정 절차가 종료될 수도 있습니다. 다만, 고객님처럼 피고에게 재산이 하나도 없으면 문제가 커집니다."

"커지다뇨? 얼마나 커지나요?"

"사기를 당하면 민사와 형사 절차 중 형사 고소를 먼저 고민해 보는 것이 사기를 당한 사람 입장에서는 당연한 선택입니다."

"당연하다뇨?"

"사기 피해를 당하신 분들 대부분은 형사 고소를 하는 것이 훨씬 유리한 방법입니다. 형사처벌 대상이 되는 경우, 특히 구속까지도 걱정해야 할 수준으로 죄질이 나쁘고 편취액이 크다면, 어떻게든 상대방이 돈을 마련해 올 가능성이 생기게 되니까요. 친척들에게 돈을 빌리기도 하고 지인들의 도움을 받기도 합니다. 때로는 누군가에게 또 사기를 쳐서 돈을 마련해 오는 경우도 있기 때문이지요."

"제가 돈을 어디서 구할 수 있겠어요?"

"고소 한 번 당해 보시면 어떻게든 마련합니다. 고객님께서 형사처벌 대상이 될 만큼의 행동을 한 것이 맞는지가 불분명한 경우도 있습니다. 고객님의 계좌나 기타 자료를 확인해 보면 분명해질 수 있습니다. 민사소송을 통해 사실조회, 문서제출명령 신청 등으로 확인하는 것이 필요하게 되지요. 그럴 경우 고객님이 거짓말을 해도 소용없습니다."

"그럼 제가 어떻게 해야 될까요? 변호사, 아니, 사장님."

"저희와 같이 차분히 일을 진행해서 무혐의 처분을 받으셔야죠?"

"그럼 20만 원 전부 안 돌려줘도 되나요?"

"물론이지요. 혐의가 없는데."

"무혐의를 받으려면 어떻게 해야 하죠?"

자수해야지 이 새끼야, 라고 내가 끼어들려고 엉덩이를 들썩했는데 사장이 내 어깨를 눌렀다.

"일단 묵비권을 행사하는 게 상책입니다."
"네? 묵비권이요?"

이 묵비권이 내가 영화에서 본 그 묵비권인가 하고 멍해서 생각하고 있는데 사장이 묵비권이 무엇인지 알기 쉽게 설명해 주었다.

"그냥 씹는 거지요."
"그럼 이대로 가만히 있는 건가요?"
"그렇습니다."
"가만히 있다가 너무 걱정이라서 여기까지 왔는데요."
"이런 케이스는 제가 많이 변호해 보았는데요."

변호라고? 이거 법조인 사칭 아닌가? 하고 있는데 손님이 환한 표정으로 사장에게 되물었다.

"아, 저 같은 케이스가 많은 건가요?"
"네. 그렇습니다. 이럴 때 가장 좋은 상책은 가만히 있는 것입니다. 중책은 사기당한 사람과 합의를 하는 것이고요. 하책은 바로 경찰서에 가는 것입니다."
"왜 그렇죠?" 손님은 경찰서란 얘기를 듣자 걱정스런 얼굴로 물었다.

"일단 경찰서에 간다고 칩시다. 어떻게 될까요?"

사장은 안경을 또 한 번 들었다 놨다 했다.

"저 콩밥 먹는 건가요?"
"그럴 가능성이 다분하죠. 그래서 가장 하책이라는 겁니다."
"사기당한 사람과 합의를 하면요?"
"이 방법도 콩밥 먹을 가능성이 아예 없지는 않죠. 그리고 콩밥을 먹지는 않더라도 막대한 돈을 잃을 가능성이 크죠."
"그럼 어떻게 하죠?"
"가장 좋은 책략을 선택하셔야죠."

사장은 다시 한 번 안경을 들었다가 천천히 내려놓았다.

"그게 뭔데요?"
"가만히 있는 겁니다."
"아무것도 안 하면 매일 걱정이 돼서 견딜 수 없는데 어떻게 하죠?"
"그래서 저희가 있는 겁니다. 오늘 아주 잘 찾아오셨어요."

사장은 차근차근 우리가 제공하는 걱정보험이 어떤 방식으로 적용되는지 설명해 주었다. 이렇게 당근마켓에서 20만 원 사기를 치고 은행 계좌에 15만 원밖에 없는 사기꾼은 매일매일 우리 회사에 만 원씩 사기를 당하게 되었다. 희한하게 이 사기꾼은 하루도 빼먹지 않고 만 원씩

꼬박꼬박 이체를 했다. 하루에 15만 원을 쓸 수는 없지만 하루 1만 원은 쓸 수 있는 모양이었다. 돈 없는 대학생이 얼어 죽을 만큼 추운 날씨에 15만 원짜리 패딩을 사기는 힘들지만 만 원 가까이 되는 아이스커피는 사 먹는 것과 같았다. 어떻게 돈을 구해서 보험료를 내는지는 우리의 관심 대상이 아니다. 아마 다른 사람에게 사기를 쳐서 우리에게 사기당한 금액을 구하는 걸지도 몰랐다.

우리 사장은 변호사뿐만이 아니라 세무사 역할도 했다. 역시 당근마켓 관련 상담이었다.

"당근마켓에서 화분에 기른 식물들을 좀 팔았는데요. 1년 반 동안 120번쯤 판 것 같습니다. 이때까지 무료 나눔 나온 화분들 받아와서 식물 사서 키우고 팔고, 원래 있던 식물들도 키우고 팔고를 반복했는데요. 다 몇천 원 정도고 비싸 봐야 만 원 이런 것들이거든요. 세금을 내야 하나요? 세금을 내야 하면 어떤 세금을 내야 하는지 너무 걱정이 돼요? 만약에 내야 한다면 어떻게 내나요??"

"먼저 중고 물건을 판매하는 경우는 일반적으로 과세 대상이 아닙니다. 국세청이 공시한 자료에 따르면, 개인이 사업성을 갖지 않고 일시적으로 중고품을 판매한 경우에는 과세대상소득에 해당하지 않는다고 합니다. 이런 거래는 사회적 통념상 개인 간의 물물교환 정도로 판단하기 때문이죠."

"그럼 저는 걱정할 필요가 없나요?" 이 고객은 그냥 물물교환으로 판단한다는 말을 듣자 표정이 밝아졌다. 그러자 사장이 갑자기 흥분해서 말을 했다.

"그러나 사업적 목적을 가지고 계속적, 반복적으로 물품을 판매하는 경우는 과세 대상에 해당합니다. 바로 고객님의 경우이죠."

"네? 그냥 집에 있는 화분에 식물 길러서 만 원도 안 받고 팔았는데 세금을 내야 한다고요?"

"매출액의 크기와 관계없이 과세 대상 재화를 지속적으로 판매하면 부가가치세 과세 사업자로 등록하고 부가가치세 및 종합소득세를 신고 납부해야 할 의무가 생깁니다!"

"할 게 많나요?"

"아주 많죠."

"그럼, 저 어떻게 하죠?"

"아주 간단한 방법이 있습니다. 고객님은 아무것도 하실 일이 없고, 문제가 생겨도 저희가 다 보장하고 처리하게 되죠."

이 말을 들은 식물 판다는 사람은 식물처럼 흔들거리며 바로 보험에 가입했다. 사장은 자신이 기합을 넣어 말한 결과라고 했다. 계약은 기합이야, 라는 개소리도 함께했다.

하루에 한 번씩 당근마켓에서 물건을 판다는 고객도 있었다. 이 고객은 새 거, 헌 거, 자기 거, 자기 남편 거 할 거 없이 다 팔고 있었다. 당근마켓에 중독된 경우였다.

"제가요. 개봉만 한 신품을 팔았는데 세금 내야 하는지 너무 걱정돼요."

"국세청 과세 기준으로 보면 미개봉이든 개봉한 제품이든 물건을 판 빈도가 중요합니다. 그러나 사업적 목적을 띠지 않고 일시적으로 판매하는 경우라면 세금을 물지 않습니다."

"그럼 리셀은요?"

"리셀이라니 정확히 어떤 경우죠?"

"제가요, 다른 사람들 출근하기도 전에 새벽같이 백화점에 가서 몇 시간씩 기다려서 산 가방이거든요. 이걸 줄 설 시간 없는 사람들에게 다시 팔았거든요. 물론 제가 새벽부터 대기 탄 수고비로 조금 더 비싸게 팔긴 팔았어요."

"고객님 '리셀'의 경우도 역시 빈도가 중요합니다. 최초 가격에 한정판 프리미엄을 붙여 더 높은 가격에 되팔기하는 걸 전문용어로 리셀이라고 하지요. 이 경우에도 빈도와 사업성이 중요합니다. 다른 경우와 같은 맥락에서 사업성이 있다고 판단되면 과세 대상이 되고, 일회성 판매의 경우에는 비과세로 분류됩니다. 혹시 직구 리셀도 하셨나요?"

"네. 물론 하죠. 제가 또 한 영어 하거든요. 영어 잘 못하는 사람들을 위해서 제가 직접 미국 사이트에서 물품을 구매해서 좀 팔긴 했는데요. 영어 서비스를 하는 비용으로 조금 더 비싸게 팔기는 했어요."

"고객님, 이 경우에는 관세까지 부담하셔야 합니다. 사실 고객님께서 얼마나 더 챙겼는지는 그 행위가 관세 부과 대상인지 아닌지 판단하는 과정에서는 중요하지 않습니다. 그 물건 자체의 가격이 중요합니다. 미국에서 들여온 200달러 이하의 물건, 혹은 그 외 지역에서 들어오는 150달러 이하의 물건을 재판매하는 건 관세포탈, 밀수로 처벌될 수 있습니다."

"밀수요?" 그 아줌마 고객은 소파에서 펄쩍 뛰어오르며 물었다.

"이렇게 재판매되는 물건들은 판매 목적이 아닌 실사용 목적으로 들여와 관세가 면제돼 세금을 내지 않은 상태이기 때문이죠. 사용하신 건 아니죠?"

"포장도 안 뜯고 팔았죠." 그 아줌마는 걱정이 되는지 예쁘게 손질한 손톱을 물어뜯으며 고백했다.

"그렇다면 명백한 중고 물품이 아닌 '직구 미개봉', '직구 새 상품'이라고 적혀 있는 물품을 판매한 것입니다. 세금 신고 없이 판매하면 불법입니다. 정확히는 관세포탈입니다."

"혹시 해외 직구로 물건을 수령한 후에 사이즈가 맞지 않거나 막상 받아보니 내 취향이 아니라 다시 판매했다고 하면 봐줄까요?"

당근마켓 등 중고거래 플랫폼이 활성화되면서 리셀, 즉 되팔기에 대한 걱정도 덩달아 늘어났다. 최근 리셀러라면서 찾아오는 손님들이 급격하게 늘어났다. 당근판매자 사이에서 탈세 성립 여부에 대한 걱정이 많은 모양이었다.

"그렇게 간단하게 봐주지 않습니다. 이익 있는 곳에 세금 있다는 대원칙에 따라 탈세 여부를 정하는 것입니다." 사장은 마치 자기가 무슨 국세청 직원이라도 된 양 말을 이어갔다.

"네? 뭐가 있는 곳에 세금이 있다고요?" 아줌마는 대원칙을 복창했다.

"이익입니다. 이익. 급격히 성장 중인 리셀 시장은 세계적인 추세입니다."

"네?"

"이런 걱정을 가진 사람들이 비단 한국 사람만이 아니라는 말입니다."

"그래요?"

"네. 물론입니다. 미국 스니커즈 리셀 플랫폼인 스톡엑스에 따르면 2019년 60억 달러, 즉 한국 돈으로 6조 8,500억 원이었던 전 세계 스니커즈 리셀 시장 규모는 오는 2025년 최대 250억 달러, 즉 28조 5,600억 원 규모로 성장할 것으로 전망되고 있습니다."

"네? 28조라고요?"

"네. 28조의 시장입니다. 스니커즈 이외에도 기타 명품 등 다양한 리셀 제품을 포함하면 시장 규모는 어마어마하게 커질 것으로 예상되고 있죠. 고객님도 샤테크라고 들어보셨죠?"

"네. 물론이죠. 제가 종잣돈이 없어서 그렇지 샤넬 재테크가 제일 짭짤하다고 하더라고요."

"리셀 열풍을 일컫는 '슈테크' 즉 슈즈와 재테크, '샤테크' 일명 샤넬 재테크 등의 용어가 괜히 생겨난 게 아닙니다. 희소성 있는 명품을 발빠르게 확보해 웃돈을 얹어 비싼 가격에 되팔아 수익을 올리는 이들이 적지 않죠. 오죽하면 코로나19 시국임에도 백화점 명품매장 오픈 전부터 줄을 서서 기다리는 '오픈런' 현상도 나타나고 있겠습니까? 명품 시계인 롤렉스의 경우 매장을 방문해도 원하는 매물을 찾기 힘든 경우도 많습니다."

"제가 종잣돈만 좀 있어도 샤테크나 롤테크에 올라탈 텐데 말이죠."

"저희 세무업계에서는 이런 현상을 주목하고 있습니다. 그리고 고객님 같은 분들을 도와드려야 하고요."

세무업계라고? 보험사라매? 게다가 우리는 조금만 더 선을 넘으면 보험사기에 가까운 업계 종사자였다.

"주목한다니 무슨 말씀이세요?" 아줌마는 테이블 위에 놓여 있던 음료수를 마시려다가 병을 바닥에 떨어뜨렸다. 끈적끈적한 음료수가 바닥을 타고 흘렀다.

"고객님이 가지고 계신 생각이나 이런 리셀은 자칫 잘못하면 탈세 혐의를 받을 수 있습니다."

"네? 탈세라고요? 그 몇백억씩 버는 연예인들이나 웹툰 작가들이 하는 탈세요? 제가 탈세라니요?"

"기본적으로 세법상 사업성이 없는 개인 간 물품 거래는 비과세 대상입니다. 하지만 반복적인 영리 추구 행위가 이어진다면 사업성이 인정됩니다. 고객님의 경우 과세 대상으로 분류돼 정식으로 사업자등록을 한 뒤 소득세, 부가가치세를 납부해야 할 수도 있습니다."

"네? 사업자등록이라고요? 무슨 세 무슨 세요? 저는 그냥 당근한 죄밖에 없는데요."

"고객님 얼마나 자주 당근 하셨어요? 매일 당근당근 하셨죠?"

"그건 그렇죠. 제가 남편이 직장에 가고 할 일이 뭐가 있겠어요. 그래서 소소하게 물건을 판 것뿐이에요."

"그 빈도가 문제입니다. 매일이라는 빈도가 바로 문제의 핵심입니다. 그리고 영리 추구 행위가 이어진 게 더 큰 문제입니다?"

"영리 추구라고요?" 아줌마는 흘린 음료수가 묻은 입과 이마에 흐르는 식은땀을 번갈아 닦으며 대답했다. 아줌마의 이마에는 벌건 립스틱

자국이 하나씩 늘어났다.

"일시적인 리셀 현상은 탈세 걱정이 없다는 것이 저희들의 의견입니다. 일시적으로 본인의 중고 상품을 판매하는 것에 대해서는 계속성, 반복성이 있다고 볼 수 없습니다. 하지만 수익 창출의 목적을 가지고 빈번하게 저가의 상품을 구매하고 고가에 다시 판매하는 행위는 사업소득이라고 볼 수 있죠."

"그럼 제가 당근한 게 사업이라는 말씀이세요?"

"대법원도 '소득세법상 사업소득에 해당하는지 여부는 그 사업의 수익 목적 유무, 사업의 규모, 횟수 등에 비춰 사업 활동으로 볼 수 있을 정도의 계속성, 반복성이 있는지 여부를 고려해야 한다'고 판시한 바 있습니다.

"네? 뭐라고 판시했다고요? 판새, 아니 죄송해요. 판사가 뭐라고 판시했다고요?"

"최근에는 사업자에 가깝게 리셀을 지속하면서도 사업자등록 신고를 하지 않은 것을 신고하는 탈세 제보가 많아지고 있습니다."

"네? 탈세 제보라고요?"

"그렇습니다. 고객님과 당근하려다가 마지막에 안 한 사람이 혹시 없었나요?"

사장은 당연하고도 빈번하게 일어나는 노쇼를 문제의 핵심에 가까운 일에 연관시켜 고객의 불안을 고조시켰다.

"아, 그러고 보니 최근에 막판에 가서 안 산다는 사람이 있었어요."

"그 사람이 제보꾼일 수 있다는 말씀입니다."

"네? 그럼 저 벌써 신고당한 건가요?"

"그럴 가능성이 높은 게 사실입니다. 고객님은 어쨌든 국세청이 주시하고 있는 영리 행위를 지속해 온 것이 사실이니까요. 탈세 제보를 통해 세무조사를 받게 될 경우 그동안 벌어들인 소득에 버금가는 가산세가 부과될 수 있습니다."

"지금까지 다요?"

"네. 처음 당근을 시작한 날부터 소급 적용 돼서 그동안 벌어들인 소득에 소득세와 부가가치세, 거기에 더해서 징벌적인 가산세와 이자까지 부가됩니다."

"네? 맨 처음이라면, 쓰던 볼펜 판 것도요?"

"네. 그렇습니다. 영리 행위를 운용했다는 판단을 내리면 국세청에서는 맨 처음 거래내역부터 과세를 하게 됩니다.

"그럼 저 어떻게 해야 하나요? 진짜 저 어떻게 하죠?"

"먼저 세법과 국세청의 업무방식을 잘 알고 대처하는 것이 중요합니다. 반복적으로 영리 추구 활동을 하는 등 사업성이 짙을 경우에는 세금을 내야 합니다. 즉 수입금액이나 판매 장소가 중요한 것이 아니라 '반복적인 영리 추구'가 이번 사건의 쟁점이 될 거 같습니다."

"아, 네. 반복적인 영리 추구."

이제 그 아줌마는 핸드폰을 꺼내어 메모까지 하면서 듣고 있었다.

"원래는 시간당 상담 수수료를 받는 것이 일반이지만 저희는 무료 상담을 진행하고 있습니다. 세법 전문 변호사의 상담 비용은 30분당 최소 5만 원입니다. 변호사가 여보세요만 해도 최소 5만 원은 지급하셔야 하는 거죠." 사장은 아줌마가 메모까지 하면서 듣는 것을 보고 이 말을 덧붙였다.

"아! 정말 고마워요." 아줌마는 5만 원을 아낄 수 있다는 생각에 목소리 톤이 '레'에서 '솔'로 세 계단이나 갑자기 올라갔다.

"부가가치세법에서는 '사업자'에 대해 사업 목적이 영리, 비영리 상관 없이 사업상 독립적으로 계속, 반복적인 의사로 재화 또는 용역을 공급하는 경우 사업성이 있는 것으로 봅니다."

"그럼 어떻게 해야 하죠?"

"고객님이 사업자라면 당연히 사업자등록을 하고 부가가치세와 종합소득세를 신고납부해야 합니다."

"저는 사업 같은 거 안 했는데요? 할 줄도 모르고요."

"국세청의 답변에 따르면 세법에도 사업성을 판단할 명확한 수치 기준은 없다고 합니다." 사장은 마치 자기가 국세청에 직접 문의를 한 것처럼 말을 하고 있었다.

"그럼 등록이나 신고 같은 거 안 해도 되는 건가요?"

"저희와 함께 고민해 보셔야 합니다. 일반적으로 중고거래 시장에서 계속적이고 반복적인 영리 추구가 아닌 일시적으로 중고 물품을 판매하는 행위는 사업으로 보기 어려워 종합소득세가 과세되지 않습니다. 하지만 이 '일반적'이라는 말이 중요합니다."

"아? 일반적이라."

"고객님의 거래 패턴을 보면 이건 전혀 일반적이지 않습니다."

"네? 제가 일반적이 아니라고요?" 아줌마의 목소리 톤은 '솔'에서 '시'를 넘어 한 옥타브 더 올라가고 있었다.

"네. 불행하게도 그렇습니다. 일반적인 당근거래는 1년에 한 번 옷 정리하다가 안 입는 옷을 몇 개 판다거나 살이 쪄서 내년에도 내후년에도 절대 못 입을 것 같은 옷을 파는 정도가 일반적입니다. 남편이 몇 년 동안 비상금 모아서 산 플레이스테이션을 부부싸움 하다가 욱해서 파는 것이 일반적인 경우입니다. 그게 일반적인 당근입니다. 고객님은 이런 거래만 하셨나요?"

"아니죠."

"그럼 '일반적'인 게 아니게 됩니다. 즉, 다른 사람들이 하는 일반적인 거래와는 다르다는 말이죠."

"그런 거 같아요. 세무사님, 아니 사장님 그럼 저 이제 어떻게 해야 하나요?"

"앞으로도 일반적이지 않은 거래를 하시려면 일단 사업자등록부터 하셔야 합니다. 비용이 들죠."

"네? 사업자라고요? 저희 아빠가 사업하다가 말아먹어서 저희 집이 지금 이 모양 이 꼴로 사는 건데요? 그리고 비용까지 든다고요?"

"네. 그리고 거래 내역을 다 기장하시고 소득세나 부가가치세 신고도 하셔야 합니다. 철마다 소득세와 부가가치세도 납부하셔야 합니다."

"네?"

"그리고 이제 비용처리 같은 것도 생각하셔야 합니다. 사업과 관련하여 물품을 매입한 경우에는 사업 관련 지출을 입증할 수 있어야 필요경비로 인정받을 수 있습니다."

"네……."

아줌마는 생전 처음 듣는 말들과 아버지가 하다가 망한 '사업'이라는 말에 기가 눌려 이제 영혼이 완전히 나가 버렸다.

"거래 상대방이 사업자라면 적격증빙인 세금계산서나 현금영수증, 신용카드 관련 증빙을 통해 필요경비를 인정받으면 되십니다. 주의하셔야 할 게 중고나라, 당근마켓 등 중고마켓을 통해 개인으로부터 사업용 물품을 매입한 경우에는 적격증빙을 수취할 수가 없습니다. 온라인상에서 에스크로 등의 '안전거래'를 이용하는 경우에는 전산자료가 남기 때문에 경비임을 입증할 수 있으나 직접 만나서 하는 직거래의 경우에는 증빙을 남기기 어렵기 때문입니다. 하지만 방법은 있습니다. 이런 경우 상대방에 대한 인적정보, 계좌이체 내역, 계약서 혹은 매매확인서나 대금지급증빙, 즉 영수증 같은 것을 수령하여 사업 관련 지출임을 증명해야 경비로 인정받을 수 있습니다."

"아……."

"저희가 아는 고객 A씨의 예를 들어보죠. A씨는 옛날에는 잘 안 쓰거나 필요하지 않은 물건들을 정리하여 버렸습니다. 하지만 회원 수가 1,800만 명이 넘는 중고나라 카페와 최근 인기몰이 중인 동네 직거래 중고장터 당근마켓 앱을 통해 물건을 내다 팔면 의외로 수익이 쏠쏠하다는 얘기를 들었습니다. 그래서 A씨는 중고나라와 당근마켓을 통해 수십 건의 거래를 하였고 생각보다 큰 목돈을 모으게 되자 문득 이렇게 돈 번 것은 세금을 내야 하는 건 아닌지 걱정이 됐습니다. 하지만 저희를 만나서 세금 의무를 피할 수 있었습니다."

"아."

사장은 알아듣기 쉽고 공감하여 행동을 따라 할 수 있게 비슷한 상황
에 처한 가상의 인물을 만들어 냈다.

"중고나라나 당근마켓 등 중고거래 플랫폼을 통해 중고물품을 팔아
수익이 발생하더라도 일반적인 경우에는 세금 걱정을 할 필요가 없습니
다. 하지만 한 달 이용자만 1천600만 명에 달하는 모바일 중고거래 플
랫폼은 이제 무시 못 할 규모로 성장했습니다. 즉, 국세청에서 주시하게
되었다는 말이죠. 이곳에서 계속, 반복적으로 물품을 거래하는 경우, 혼
자서 무턱대고 덤비면 과세가 적용됩니다."

"아? 그럼 저는 이제 어떻게 하죠?"

"국세청장님이 국회 기재위 국정감사에서 분명하게 말했습니다.
'100% 공감한다. 기획재정부와 협의를 거쳐 개선 방안을 제시하겠다'고
요. 중고거래 플랫폼을 통해 고가의 물품이 거래되고 있는 등 사실상 불
법적인 탈세 통로로 이용되고 있다는 지적에 대해 대답을 내놓은 겁니
다. 국세청장님이요."

"진짜요?"

"네. 한 국회의원이 중고거래 사이트인 당근마켓, 번개장터, 중고나
라 플랫폼에서 1억 원에 가까운 고가 명품시계와 3천만 원짜리 골드바
가 거래물품으로 올라온 후 실제로 판매된 사실을 제시하며, '개인 간의
거래라고 해서 방치하는 것이 옳으냐? 불법·탈법 거래를 방치하는 것이

옳은지?'라고 던진 질문에 대한 국세청의 공식 입장이었습니다."

"으응……."

사장은 TV에서 사람들이 채널을 못 돌리게 하는 전략인 묻고 궁금하게 해서 답하기 전략까지 쓰고 있었다.

"이와 관련, 현행 세법에선 계속적·반복적으로 거래를 한 경우 사업자로 등록해야 하며, 사업자등록 시 부가세 10%, 종합소득세 과세표준에 따른 6~45%까지 세금을 납부해야 한다고 답했습니다, 공식적으로요."

"진짜 저는 이제 어떡하죠, 사장님?"

"국세청장은 박 의원으로부터 '국세청은 뭐하고 있었냐?'는 지적에 '실무자들이 일시적인 소득은 과세가 어렵다는 것을 원론적으로 지키고 있었을 뿐'이라고 해명한 뒤에 '계속적·반복적으로 거래사이트에서 물품을 거래했다면 과세가 필요하고 이에 대해 기재부와 협의를 해서 개선 방안을 제시하겠다'며 과세에 나설 것임을 천명했습니다."

"아. 천명까지 하시다니."

"국세청장은 또 '심각하게 생각하고 있다'고 고개를 숙인 뒤 '소송 불복에 대비해 과세 전에 사전 점검도 강화하고 책임 과세 또한 시행하는 한편, 탈세자에 대해서는 더욱 관리를 철저히 하겠다'고 말했습니다."

"네? 소송이라고요?" 사장은 말만으로 졸지에 중고품 파는 게 유일한 낙이었던 아줌마를 탈세자로 만들어 버렸다.

"이게 다 '일반적'이지 않아서죠."

아줌마는 '일반인'이 아닌 탈세하다 걸린 '연예인'이라도 된 양 숨까지

헉헉거렸다. 마치 공황장애가 온 연예인 같았다.

"그럼 저는 어떻게 해야 하나요? 제발 도와주세요, 사장님."

"물론 저희는 끝까지 고객님과 함께합니다. 저희를 찾아주신 만큼 고객님은 혼자 걱정할 필요가 없습니다."

"정말이시죠?" 갑자기 공황장애에 걸린 아줌마의 표정이 환해졌다.

"당연합니다. 고객님같이 걱정에 둘러싸여 힘들어하는 분들을 돕기 위해서 저와 저희 유능한 직원까지 함께하는 겁니다."

사장은 이렇게 말하며 내 어깨에 손을 올렸다. 졸지에 순진한 아줌마 하나의 돈을 뜯는 공범이 된 것 같은 기분이 들었다. 그래도 월급을 받는데 뭐라도 해야겠다는 생각에 씨-익 하고 웃어주었다.

"그럼 이제부터 제가 뭘, 어떻게 해야 하죠?"

"고객님은 아무것도 하실 필요가 없으십니다. 계약서에 사인하시고 보험비용을 지불하시기만 하면 됩니다."

"아? 정말이요? 아까 기장이니 등록이니 하시던데, 저는 진짜 해야 할 일이 아무것도 없는 건가요?"

"물론입니다. 저희 보험 서비스를 이용하시는 데 따르는 보험료만 지불하시면 됩니다. 나머지 자질구레한 일은 저희가 모두 처리하겠습니다."

"그럼 당근은요? 아무래도 당장 멈추는 게 좋겠죠?"

"아닙니다, 고객님. 고객님은 지금까지 하시던 대로 하시면 됩니다."

"정말이요? 그러다가 국세청에서 조사 들어오면 어떻게 하죠?"

"만약에 고객님의 걱정이 현실이 되면 저희가 모든 금전적 손실을 보상해 드립니다."

"정말이요?"

"물론입니다. 저희 회사가 괜히 보험회사가 아니고, 고객님께서 괜히 보험료를 지급하는 것이 아닙니다."

"아. 고맙습니다. 정말 고맙습니다."

이 아줌마는 그동안 쌓아온 걱정을 내려놓아 고맙다며 배도 튀어나온 사장을 덥석 안기까지 했다. 심지어 안은 채로 사장의 뒷목을 쓰다듬기까지 했다.

사장은 1분 넘게 갑작스런 스킨십에 컥컥거리다가 마무리 멘트를 날렸다.

"고객님은 이대로 집에 가셔서 지금까지처럼 행복하게 생활하시면 됩니다. 남편이 이번 일을 알 필요도 없으세요. 퇴근 후에 배고픈 남편이랑 맛있는 거나 먹으면서 마음 편하게 지내시면 됩니다. 밥 잘 드시고 가정생활을 잘 운영하시면 됩니다. 그리고 걱정 없이 계속 당근하시면 됩니다. 걱정은 저희가 합니다."

무슨 일을 저지르고 나서 '남편이 알면 어떡하나?' 하는 것이 대한민국 아줌마들의 가장 큰 걱정이다. 사장은 이 사실을 너무 잘 알고 있었고 이것까지 계산하고 걱정 없이 깔끔하게 계약을 마무리했다. 그리고 당연하게 기장이니 등록이니 하는 것은 아무것도 해주지 않았다. 말만 했다.

#14

종교 걱정

이렇게 우리는 차곡차곡 보험금을 쌓아가고 있었다. 그날은 무슨 모기가 문에 헤딩을 시도하는 게 아닐까 싶을 만큼의 작은 노크 소리가 들렸다. 그러더니 5초간의 정적이 이어졌다. 다시 노크 소리가 세 번 울리더니 또 5초간의 정적이 흘렀다. 문에 난 창문을 보니 검게 그림자가 져 있어 사람이 앞에 서 있는 건 확실했는데 움직임은 없었다. 사장은 고개를 숙이고 집중해서 발톱을 깎고 있었다. 문에 드리운 검은 그림자가 작아졌다 커졌다 했다. 뉴스를 많이 보는 나는 스토킹범이나 범죄 저지를 곳을 미리 견학하는 도둑놈일 수도 있다는 생각에 달려가서 문을 벌컥 열었다. 검은 그림자는 뒤로 풀쩍 나자빠졌고 내 눈 아래에는 스무 살이 될까 말까 해 보이는 여자가 바닥에 찍은 엉덩이를 만지며 앉아 있었다. 내 뒤에서는 사장이 발톱에 붙어 있는 살을 집었는지 외마디 비명을 질렀다. 문 앞의 여자는 놀란 눈으로 나를 올려다보더니 바로 눈을 바닥에 깔았다. 약간 통통하고 눈에 다크서클이 진하게 내려와 있는 여자애였다.

"거기서 뭐 하세요?"

"저기, 여기가 걱정보험 주식회사 맞나요?"

"문에 붙어 있잖아요. 걱정보험 주식회사라고." 수동적인 여자의 외모 탓인지 나도 모르게 퉁명한 말투로 말을 내뱉었다.

"아. 네. 저기 혹시, 지금 혹시 상담 가능할까요?"

그때까지 여자는 치마가 반쯤 뒤집힌 채로 바닥에 퍼질러 앉아 눈을 내 정강이에 고정하고 있었다. 나는 미안함과 무언가 알 수 없는 동질감을 느껴 양손을 여자의 어깨에 쑤셔 넣어 그 여자를 일으켜 세웠다. 나는 사장이 여자를 보기 전에 떠밀며 돌아가라는 동작을 보여줬다. 나도 내가 왜 그렇게까지 해서 그 여자를 돌려보내려고 하는지 알 수 없었다. 내 직감이 사장이 여자를 만나면 안 된다고 말하고 있었다. 내 만류를 무시하고 여자는 사무실에 머리를 쑥 들이밀더니 사장에게 이렇게 물었다.

"제가 알바 하러 간 곳이 있는데 직원분이 신천지일까 봐 걱정이에요. 이거 쓸데없는 걱정일까요?"

"네, 쓸데없는 걱정입니다."

나는 사장이 개입하기 전에 재빨리 대답해 그 여성을 돌려보내려고 했다. 불길한 예감은 계속 커지고 있었다. 사장이 개입하기 전에 어서 여자를 돌려보내야 했다. 그 여자에게선 나와 같은 냄새가 났기 때문이다. 내가 문을 막고 있는데도 여자는 기어이 사무실 안으로 들어왔다. 사무실 소파에 앉자마자 계속해서 황당한 질문을 던졌다. 사장은 이런 사람을 한번 물면 절대로 놓아주지 않는다.

"저기요, 남자도 성 포교 하는 경우가 있나요? 저는 여자고 그 직원분은 남자분이신데" 하고 그 여성은 고개를 푹 숙였다. 사장은 이 말을 듣더니 고개를 번쩍 들었다. 여자는 그냥 가고 사장은 깎던 발톱이나 깎았으면 좋았을 텐데. 나는 이 여자가 어떻게 될지 걱정되기 시작했다. 나는 내가 사장에게 잡히게 된 것과 비슷한 사연을 가진 여자가 왔기에 서둘러 돌려보내려고 했다. 나같이 순진한 여성을 보호하려는 나름의 조치였다. 나처럼 이 여자도 노예계약을 맺게 되는 게 아닐까 걱정이 되기 시작했다.

"그러니까 자세하게 이야기해 주셔야 합니다. 저희가 고객님의 사정을 정확하게 알아야 산정도 가능하고 고객님이 걱정을 덜게 도움도 드릴 수 있습니다." 사장은 넥타이를 고쳐 매고 저 깊은 산골의 동굴에서 올라오는 것 같은 낮게 깔린 목소리로 물었다.

"그게, 저희가 성교를 해서요. 그래서 궁금해서요."
"네? 무슨 교요?"

이 여자는 분명 사이비 종교 얘기로 상담을 시작했다. 다음엔 포교 얘기로 넘어갔다가 이제는 성교 이야기까지 나왔다.
나는 불안감에 사장 쪽으로 고개를 돌렸다. 사장은 그때까지 깎은 발톱을 떨쳐 버리고 일어나 우리 사이에 끼어들었다. 바닥에는 사장의 더

러운 발톱이 어지럽게 흩어져 있었다.

"증거도 없는데 무작정 의심부터 하고 걱정만 한다면 앞으로 살아가는데 있어서 많은 어려움을 겪으실 거예요. 친하게 지내다가 성경 배워 보자는 이야기가 나오면 그때부터 경계하시고 손절하시면 됩니다. 간단한 거예요. 사람을 그렇게 쉽게 판단하고 끊어내면 안 되죠. 길게 봐야죠."

그러면 그렇지. 사장의 목적은 여자의 걱정을 없애는 것이 아니었다. 사장이 원하는 건 그 여성이 계속 걱정거리를 유지한 채 우리에게 매일 매일 돈을 갖다 바치는 거였다.

"그래도 그 사람이 신천지일까 봐 너무 걱정되는데……."
"신천지에서 성 포교는 안 합니다. 물론 예외는 있을 수 있지만요. 포교하다가 성관계를 맺을 수는 있겠죠. 하지만 성관계부터 하고 포교를하는 건 아닙니다."
"네?"
"쉽게 설명해 드리면 마사지랑 같다고 보시면 되요. 마사지 해주다가 어떻게 어떻게 성관계까지 갈 수는 있겠죠. 근데 성관계부터 하고 마사지 해주는 경우는 없는 것과 같아요."
"아."

이 어이없는 비유에 대해 여자가 생각을 시작하자 여유를 주지 않고 사장이 바로 질문 공격을 했다.

"고객님이 생각하시는 성 포교가 무엇인가요? 성교했다는 사실로 협박해서 성경 공부 하러 가자는 건가요? 아니면 성교하고 싶으면 성경 공부하러 가야 한다는 건가요?"

"네?"

"선후관계부터 확실히 해야 합니다. 혼전 순결주의와 혼후 관계주의는 같아 보이죠? 선후관계를 따지지 않으면 같지만 선후관계를 따지면 서로 다른 뜻이지요."

"그게 무슨 말씀이세요?" 여자는 도무지 이해가 안 된다는 표정으로 사장을 올려다보았다. 마사지 비유부터 시작해서 선후관계니 혼전이니 혼후니 하는 말이 쏟아져 나와 멀리서 듣고 있던 나도 헷갈리기 시작했다.

"성교하면서 성경 공부라는 단어를 언급했나요? 안 했나요?"

"그게, '성경 공부'라는 단어는 언급을 아예 안 했어요."

참 내. 그럴 수밖에 없지 않나? 아무리 신앙이 깊은 사람이라고 해도 성교하면서 성경을 얘기하는 건 불가능하지 않나? 지켜보는 나는 냉정하게 생각할 수 있지만 사장의 개소리를 듣고 있는 당사자는 이성적으로 생각하기 힘들다. 내가 안다.

"그럼 포교가 아니죠. 그냥 성교죠." 사장은 갑자기 소리를 내지르며 이렇게 외쳤다. "포교란 종교를 널리 전파하는 일입니다. 포교가 포함된 선교는 성교랑은 엄연히 다른 행위입니다."

그때부터 다시 사장 목사가 강림했다. 그것도 마치 신천지의 목사가 아닐까 싶을 정도로 사장은 신천지의 교리와 역사, 논리 등등 모든 것을 꿰고 있었다.

"고객님! 고객님께서 가지고 계시는 걱정이 과연 쓸데없는 걱정일까요? 또, 고객님께서 알바 하러 간 곳에서 열심히 일하고 계시는 동료 직원분이 이 땅에 이루어지는 천국, 즉 신천지 12지파일까 봐 걱정되는데, 이건 과연 쓸데없는 걱정일까요? 구원과 영생을 위해서 말씀을 드리고 싶은 것이 있습니다. 저는 신천지 12지파를 잘못된 이단, 사이비가 아니라 육체가 죽지 않고 살아서 들어갈 수 있는 '이 땅에 이루어지는 천국'이라고 말씀을 드리고 싶습니다. 어찌 알바 하러 간 곳의 동료 직원분이 '이 땅에 이루어지는 천국'인 신천지 12지파일까 봐 드는 걱정이 과연 쓸데없는 걱정이라고 할 수 있나요?" 사장은 천국이라는 말을 몇 번이나 강조했다.

사장 이 새끼 신천지 아니야? 라는 말이 튀어나올 뻔했다.

"그게 저도 쓸데없다고는 생각하지 않는데, 자꾸 걱정이…… 걱정을 하니 또 괴롭고. 사실 저 교회 다니는데 교회에서 신천지는 정말 나쁘다고 그랬거든요."
"자매님, 독실한 기독교 신자시군요. 그냥 신천지라고 무조건 배척하고 좋은 사람일 수도 있는 사람을 버릴 게 아니라 잘 판단을 하셔야 합니다."

또 나왔다. 그놈의 자매님. 결국 사장의 목적은 그 여성이 동료 직원 남자와 만나며 걱정을 유지한 채 보험료를 지급하는 것이었다. 신천지가 사이비건 아니건 그건 사장이 알 바가 아니었다.

"네?"

"누가복음 8장 11절에 나오는 말씀입니다. 예수님께서 오셔서 씨, 즉 하나님의 말씀을 뿌리신 자기 밭, 즉 예수님의 밭에서 추수할 때가 있다고 약속하셨습니다. 마가복음 13장 24절에서 30절까지에서는 또 이렇게 말씀하고 계십니다. 예수님의 말씀이 이루어지는 추수 때인 오늘날에는 예수님께서 뿌리신 좋은 씨, 즉 천국의 아들들이 되어 육체가 죽지 않고 살아서 들어가는 이 땅에 이루어지는 천국, 즉 신천지 12지파로 추수된다고 하셨습니다. 마가복음 13장 37에서 38절에 나오는 내용입니다. 우리, 신앙이 깊은 자들은 눈물도 사망도 아픔도 애곡도 애통도 없는 새로운 세상에서 구원과 영생에 참여해야 한다고 하셨습니다. 만약 구원되지 못한다면 어떻게 하냐고 걱정, 아니 조금 불안해하실 수도 있습니다. 예수님께서는 신앙이 깊으신 자들은 분명히 구원하십니다. 이에 반해 악한 자, 즉 사단 마귀의 아들들은 불사름, 즉 유황불못으로 응징하십니다. 믿음이 없으면 사망에 들어가서 세세토록 슬피 울고 이를 가는 심판을 받는다고 하셨습니다. 이것도 마찬가지로 마가복음 13장 38절에서 42절까지의 복음에서 확인할 수 있는 내용입니다."

"아, 진짜요?"

이 순진한 여자. 사장이 무슨 누가복음인지 마가복음인지를 몇 장 몇

째 줄까지 줄줄 외자 눈을 동그랗게 하고 들었다.

"즉 6,000년 전 하나님 형상대로 창조 받은 영적 최초의 사람 아담이 들짐승 중에서 간교한 뱀, 즉 사단 마귀에게 미혹을 받아 따먹지 않겠다고 언약했던 선악과를 따먹은 범죄로 인해 가짜 하나님 사단 마귀가 6,000년 동안 하나님 성전에 앉아서 자기를 보여 하나님이라고 하며 주관하는 세상에서 하나님의 형상을 잃어버린 아담의 유전자로 태어난 후손인 인류는 육체 영생하지 못하고 생로병사 속에서 질병이 발생하여 육체가 죽어왔고 또 육체가 죽은 후에는 육체는 썩어서 흙으로 돌아감으로 없어진다고 했습니다."

와 씨, 사장 이 새끼. 진짜 숨도 안 쉬고 성경을 줄줄 외웠다. 사장은 그 줄줄이 성경 낭송을 이어갔다.

"그래서 예수님께서 요한복음 17장 3절에서 영생, 즉 육체 영생은 곧 유일하신 참 하나님이신 창조주와 그의 보내신 자 예수그리스도를 아는 것이니라 하셨고, 누가복음 10장 27절에서 대답하여 가로되 네 마음을 다하며 목숨을 다하여, 힘을 다하여 뜻을 다하여 주그리스도 하나님을 사랑하고 또한 네 이웃을 네 몸과 같이 사랑하라 하셨습니다. 믿음을 가진 우리는 먼저 창조주 참 하나님에 대해서 확실히 알아야 합니다. 무턱대고 배척하고 무시하는 게 상책은 아니라는 말씀입니다. 여기까지는 납득하시죠?"

문장과 문장이 끊임없이 이어지고 반복과 인용이 봇물 터지듯 터져나와 도무지 무슨 말인지 이해가 되지 않았다. 무턱대고 배척하는 대상은 누구지? 그 성교한 신천지 남자? 아니면 설마 하나······님?

"아. 네네. 물론이죠." 여자는 당황해하며 대답했다. 그리고 짧게 '할렐루야' 하고 읊조렸다.

"그런데 출애굽기 3장 14절에서는, 자매님 출애굽기 경전을 공부하셨는지요?"

"아. 그게. 제가 교회는 열심히 나가는데 성경 공부가 부족해서."

"괜찮습니다. 자매님. 출애굽기는 구약성서에 속한 경전으로, '모세 5경'이나 '율법서'의 제2서라고 자주 불리니 아마 이런 이름으로 알고 계실 겁니다. 제 말이 맞죠?" 이렇게 말하며 사장은 아빠 미소 같은 따뜻한 미소를 머금고 여자를 쳐다보았다.

"아. 네네."

어색한 웃음으로 보아 그 여자는 모세 5경도 율법서의 제2서도 들어본 적이 없는 게 분명했다.

"여기엔 이스라엘 백성이 이집트를 탈출한 기록이 잘 나와 있습니다. 이 출애굽기 3장 14절에서 하나님이 모세에게 이르시되 나는 스스로 있는 자니라 하셨습니다. 또 이르시되 너는 이스라엘 자손에게 이같이 이르기를 스스로 있는 자가 나를 너희에게 보내셨다 하라, 라고 하셨습니다. 또 15절을 보시면 하나님이 또 모세에게 이르시되 너는 이스라엘 자

손에게 이같이 이르기를 나를 너희에게 보내신 이는 너희 조상의 하나님 곧 아브라함의 하나님이자 이삭의 하나님 또한 야곱의 하나님, 즉 여호와이니라. 이는 나의 영원한 이름이요, 대대로 기억할 나의 표효이니라, 라고 하셨듯이 창조주이신 참 하나님께서는 '스스로 있는 자'가 되십니다."

"아."

이 여성은 맥락을 이해하지 못하는 게 뻔한데도 사장의 권위와 암기력에 눌려 감복하고 있었다.

"그런데 천지 만물을 창조하신 창조주 참 하나님이 계시고 또 가짜 하나님 사단 마귀가 있는데 피조물로서 요한 계시록 4장에서 하나님 보좌 앞에 있는 네 명의 천사장 중 하나인 루시퍼가 말했습니다. 이사야 14장 12절에서도 너 아침의 아들 계명성이여, 어찌 그리 하늘에서 떨어졌으며 너 열국을 엎은 자여, 어찌 그리 땅에 찍혔는고. 하기에 네가 네 마음에 이르기를 내가 하늘에 올라 하나님의 뭇별 위에 나의 보좌를 높이리라. 내가 북극 집회의 산 위에 좌정하리라, 라고 합니다. 더 자세한 내용은 이사야 14장 13절에서 확인하면 됩니다. 14절에서는 가장 높은 구름에 올라 지극히 높은 자와 비기리라, 라고 하시고 15절에서는 그러나 이제 네가 음부 곧 구덩이의 맨 밑에 빠치우리로다 하셨습니다."

뭐라고? 음부? 구덩이에 빠치 뭐라고? 미친 거 아니야? 내가 단어를 잘못 들었나 의심하는 와중에도 사장의 밑도 끝도 없는 웅변은 계속되었다.

"교만하고 탐욕으로 인하여 내가 하늘에 올라 하나님의 뭇별, 즉 천사들 위에 나의 보좌를 높이리라. 가장 높은 구름에 올라 지극히 높은 자와 비기리라, 라고 하시면서 천지 만물을 창조하신 창조주 참하나님과 비기려고 하다가. 음부, 곧 구덩이의 맨 밑에 빠져서 가짜 하나님, 즉 사단 마귀가 되었고 6,000년 동안 하나님의 성전에 앉아서 자기를 보여 하나님이라고 하면서 이 세상을 주관해 왔던 것입니다."

내용이 하도 헷갈려서 이게 도대체 한국어인지 이스라엘에서 쓰는 히브리어인지 씨부리어인지 헷갈리기 시작했다. 그 순진한 여자는 입을 쩌-억 벌리고 사장의 입에서 또 무슨 복음이나 예시, 계시가 나오는지 기다리는 표정이었다. 아니나 다를까 계시록까지 튀어나왔다.

"요한 계시록 20장 12절은 이렇게 말씀하십니다. 그리고 누구든지 이 세상을 살아가다가 육체가 죽게 된다면 또 내가 보니 죽은 자들이 무론 대소하고 그 보좌 앞에 섰는데, 책들이 펴 있고 또 다른 책이 펴졌으니 곧 생명책이니라. 죽은 자들이 자기 행위에 따라 책들에 기록된 대로 심판을 받으니. 여기서부터는 13절로 넘어갑니다, 자매님. 바다가 그 가운데서 죽은 자들을 내어주고 또 사망과 음부도 그 가운데서 죽은 자들을 내어주매 각 사람이 자기의 행위대로 심판을 받고, 이어서 14절에서는 사망과 음부도 불못에 던지우니 이것은 둘째 사망 곧 불못이라 하셨습니다. 15절에서는 누구든지 생명책에 기록되지 못한 자는 불못에 던지우더라 하는 말씀처럼 이 땅에 살아갈 때 자기 행위에 따라 책에 기록된 대로 심판을 받는데 이 땅에 이루어지는 천국, 즉 신천지 12지파 교회의 교적부인 생명책에 기록되지 못한 자들은 유황불못, 즉 사망으로 들어가게 됨으로 거룩한 새 예루살렘, 즉 영계의 천국이 임해 오시는 신천지 12지파 교회의 교적부인 생명책에 자매님 이름이 기록되어야 하는데, 창조주 참하나님이 계시는지 깨닫지 못했으니 어떻게 생명책에 이름이 기록되겠습니까?"

성경에 진짜 음부니 영계니 하는 고소감인 단어들이 막 튀어나오는 거 맞나? 이게 진짜 성경에 나오는 단어인지 사장이 우리를 놀리려고 불쑥불쑥 집어넣는 단어인지 구분이 되지 않았다. 너무 확인해 보고 싶었으나 인터넷으로는 확인이 어려웠다. 내가 몰래 성경 검색을 하는 와중에도 사장의 계시는 이어졌다.

"이사야 65장 17절을 찾아보십시오!"

사장이 나한테 하는 말인 줄 알고 나는 놀라서 핸드폰을 바닥에 떨어뜨렸다. 핸드폰이 쿵 소리를 내며 떨어졌지만, 사장은 소리에 아랑곳하지 않고 말을 이어갔다.

"창조주 참하나님께서 이사야 선지자를 통하여 내가 새 하늘과 새 땅을 창조하나니 이전 것은 기억되거나 마음에 생각나지 아니할 것이라. 18절에서 말씀하시기를 너희는 나의 창조하는 것으로 인하여 영원히 기뻐하며 즐거워할지니라. 보라, 내가 예루살렘으로 즐거움을 창조하며 그 백성으로 기쁨을 삼고, 라고 하셨습니다. 19절을 보시면 내가 예루살렘을 즐거워하며 나의 백성을 기뻐하리니. 우는 소리와 부르짖는 소리가 그 가운데서 다시는 들리지 아니할 것이며, 라고 하셨고 20절에서는 거기는 날 수가 많지 못하여 죽는 유아와 수한이 차지 못한 노인이 다시는 없을 것이라. 곧 백 세에 죽는 자들은 아이일 것이다. 백 세가 못 되어 죽는 자는 저주받은 것이리라, 하셨습니다. 약속하신 말씀은 '때'가 되면 이루어져서 실상 실체가 나타나야 하고 실상, 즉 실체가 나타나면 그 나타난 실상인 실체를 믿어야만 온전한 믿음이 됩니다."

"네? 뭘 믿어야 한다고요?"

"실상입니다. 실상! 요한복음 8장 44절에 따르면 영접했던 12제자들에게 하나님의 자녀가 되는 권세를 주셨습니다. 이건 믿으시죠?"

"네. 물론이죠. 성경에 나오는 말씀이니까."

"모세의 율법을 지키는 서기관과 바리새인들의 영적인 아비는 창조주 참하나님이 아니라 가짜 하나님 사단 마귀였음으로 구원자인 예수님을 영접하지 못했습니다. 그러나 이 땅에 이루어지는 천국, 즉 신천지 12지파가 잘못된 이단, 사이비라고 판단되면 예수님의 약속대로 예수님께서 뿌리신 좋은 씨, 즉 천국의 아들들이 되어 추수되지 못하게 됩니다."

"네? 뭐라고요?"

"악한 자, 즉 사단 마귀의 아들들이 되어 불사름, 즉 유황 불못으로, 사망으로 들어가서 세세토록 슬피 우는 심판을 받게 되겠지만 예수님께서 뿌려 놓으신 좋은 씨, 즉 천국의 아들들이 되어 육체가 살아서 들어갈 수 있는 이 땅에 이루어지는 천국, 즉 신천지 12지파로 추수되어 온다면 구원받을 수 있습니다. 눈물도 사망도 아픔도 애곡도 애통도 없는 새로운 세상에서 살게 됩니다." 사장은 마치 랩을 하듯 속사포처럼 성경을 늘어놓았다.

"네?"

"마가복음 13장 38절에서 43절에 다 적혀 있는 내용입니다."

성경을 들먹이니 여자가 또 입을 다물었다.

아니, 이쯤 되면 이 새끼 신천지 아니야? 라고 할 만도 한데 여자는 성경에 나오는 말이라니까 얌전하게 사장의 말을 듣고만 있었다. 그러다가 조심스럽게 질문을 던졌다.

"아까까지는 잘 이해했는데 지금은 좀 이해하기가 어려운데 좀 간단하게 설명해 주실 수 있으세요?"

"그러니까 그 남자가 신천지라는 증거는 없으시죠?"

"네? 그건 그렇죠."

"만일 그 남자가 신천지 신도라고 칩시다. 그렇다고 쳐도 성으로 포교를 했다는 증거는 없는 것 아닌가요?"

"네? 그렇긴 하죠."

"그러면 그 남자가 신천지라고 해도 아무것도 잘못한 것이 없는 겁니다."

"그런가요?"

"물론이죠. 아무것도 잘못한 것이 없어요. 그렇죠, 이사님?" 사장은 이렇게 말하면서 나를 쳐다보았다.

이사? 내가 언제 이사가 됐지? 과장이든 이사든 나는 빨리 사장을 말리고 순진한 어린 양을 집으로 돌려보내고 싶었다. 하지만 그 상황에서 뭔가가 잘못됐다고 할 수는 없었다. 사장의 질문 자체가 교묘했다. 나는 할 수 없이 예, 라고 답했다.

"그럼 저는 이제 어떻게 해야 하죠?" 어린 양은 목소리까지 벌벌 떨고 있었다.

"그 남자를 사랑하시나요?"

"그게……."

"사랑하지도 않는데 성관계를 가진 것은 아니죠?"

"물론이죠. 저 그런 여자 아니에요."

사장은 치사하게 유교 교육에 물들어 살아온 여성의 도덕성을 건드렸다.

"그럼 헤어질 이유가 없는 겁니다."

"근데, 그 남자가 진짜 신천지면 어떻게 하죠?"

"만약에 그 남자가 진짜 신천지라고 해도 성경에 나와 있듯이 추수되어 오면 구원받을 수 있습니다. 그리고 고객님께서 어떤 피해를 입게 되더라도 만약에 고객님의 걱정이 현실이 되면 모든 손실은 저희가 보상해 드립니다. 그래서 저희 걱정보험 회사가 있는 겁니다."

추수라고? 무슨 개소리지? 우리가 보험료를 추수하는 게 아니고? 추수라는 말을 하는 사장의 머리 뒤편에서 마치 부처님과 같은 광명이 비추는 것 같았다. 사장은 웃거나 기뻐하지 않았다. 마치 당연하다는 듯이 추수, 아니 계약서를 내밀었다.

사장은 손님이 계약서에 사인을 하자 두 손을 꼭 잡고 마지막 유의사항인지 주문인지 모를 염불을 외면서 계약을 마무리했다.

"계시록 제22장 2절로 오늘을 마무리하겠습니다. 창조주 참하나님께서 영원히 통치하시는 이 땅에 이루어지는 천국에서 눈물도 사망도 아픔도 애곡도 애통도 없는 새로운 세상에서 구원과 영생에 이르고, 이단사단 마귀들에게 미혹 받는 대한민국을 소생시키는 생명나무가 되어 주시기를 예수님의 이름으로 간절히 기도드립니다, 아멘!! 감사합니다, 자매여."

사장 곁을 떠나기를 아쉬워하는 어린 양에게 걱정보험 회사는 지구촌 어디서나 함께한다느니, 우리와 함께 하는 한 이 땅에서 영원히 사는 길이 열린다느니 하는 개소리를 지껄이며 문을 열어 어린 양을 떠밀어 보냈다.

#15

내 걱정

"사장님."

"어 씨, 깜짝이야. 왜?" 사장은 화들짝 놀라며 대답했다. 매일 매일 현금이 꽂히는 통장 잔고를 보고 있었던 것이 분명했다. 아무것도 안 해 주고 매일 매일 보험료를 추수하는 사실에 자기도 뭔가 찔리는 모양이었다.

"사람들은 뭔 저런 쓸데없는 걱정들을 사서 할까요?"

나는 고객을 보내고 뒷담화를 하는 사람들처럼 사장과 이야기가 하고 싶어졌다.

"걱정을 사서 하다니?"

"아니, 그냥 성교했으면 했고. 신천지면 신천진 거지, 뭔 걱정부터 그렇게 하는지 이해가 안 돼요."

"걱정을 누가 하고 싶어서 하나?"

"네?"

"걱정 안 하고 싶어서 안 해지고, 걱정 하고 싶어서 해지면 이 세상의 문제 절반은 없어지지. 전쟁이고 싸움이고 상대가 때릴 거라는 걱정만 없어지면 반은 없어져."

"전쟁 같은 큰 문제는 모르겠고. 그래도 저는 이해가 안 돼요. 그 여자 결국 신천지에 안 끌려갔잖아요."

"너도 그렇잖아."

"네?"

"너도 비슷하게 일어나지도 않을 걱정 때문에 여기 찾아온 거 아니었어?"

사실 그랬다. 나도 일어나지 않은, 앞으로 일어날지 일어나지 않을지 모를 걱정으로 잠도 못 자고 해서 사장을 찾아간 거였다.

"자기가 찔리는 게 하나도 없으면 아무 걱정도 안 들지, 보통은."

"뭐라고요? 사장님 지금 제가 무슨 큰 잘못이라도 해서 잠도 못 잤다고 말씀하시는 거예요?"

"내가 언제 그렇게 얘기했어?"

"지금 말씀하시는 뉘앙스가 그렇잖아요. 뉘앙스가."

사실 맞는 말이었다. 내가 걱정보험 주식회사를 찾아온 이유는 내 실수 때문이었다. 시작은 내 엄마와의 싸움이었다. 당시 학교 자퇴 문제로 다투는 일이 많았고 그날은 핵폭탄이 터졌다. 어렸을 때부터 엄마와 아무리 싸움을 해도 딱 한 가지 건드리지 말아야 할 부분이 있었는데 바로 아빠에 대한 일이었다. 나는 엄마가 아빠랑 헤어진 일 때문에 모든 문제에 최악을 가정하고, 나쁜 결과만 바라보기 때문에 항상 결과가 나쁘고, 그래서 우리가 지금 이 모양 이 꼴로 산다고 말해 버렸다. 그냥 자퇴가 항상 나쁜 결과를 가져오지는 않는다고 하면 될 것을 이혼이라는 미사일에 불행이라는 핵폭탄을 실어 엄마에게 무작정 날려버렸다. 엄마는 폭발했고 아빠가 우리를 떠났듯이 나도 엄마를 떠나버렸다.

딱 하룻밤이었다. 나는 이태원이라는 곳을 처음 갔다. 처음 마신 술도 문제였고, 분위기도 문제였다. TV에 나오는 놈이라 원래 아는 사람이라고 느껴진 것도 문제였다. 사람을 쉽게 믿어버리는 것도 내 문제였다. 또, 그놈의 멘트. 진짜 말만 뻔지르르하게 하는 놈들이 있다. 진짜. 우리 여자들은 그렇게 행동보다는 말을 잘하는 남자들에게 넘어간다. 나는 그날 밤 이후로 남자친구를 볼 때마다 걱정을 하기 시작했다. 독실한 기독교 신자인 엄마를 대할 때마다 걱정은 더해갔다. 그리고 세상의 모든 사람들이 나를 나쁜 사람으로 볼까도 걱정됐다. 걱정은 새로운 걱정을 먹고 무럭무럭 자랐다. 그놈은 대한민국 사람 거의 모두가 아는 유명한 놈이었다. 그러니까 놈이 나랑 관계한 사실이 발각되면 대한민국 모든 사람들이 알게 될 거였다. 그럼 내 신상도 까발려지겠지. 또 다른 문제는 내가 혼후 관계주의자, 그러니까 혼전순결을 지켜왔다는 사실이었다. 남자친구는 2년 넘게 참아주었다. 이런 식으로 참으면 군대에서 보낼 2년도 문제없을 거라며 남자친구는 농담했다. 나중에 남자친구랑 결혼을 했는데 내가 처음이 아니라는 사실을 알게 되면 남자친구는 뭐라고 생각할까. 자기는 2년 넘게 기다렸는데 이태원 루프탑 바에서 30분 정도만 기다린 놈이랑 관계를 가진 사실을 알게 된다면 뭐라고 할까. 내가 이태원에서 그런 일을 벌인 걸 알면 내 친구들은 또 어떻게 생각할까. 그리고 아무 남자나 안 만나고 아직까지 남자 문제로 한 번도 걱정을 안 끼친 소중한 딸이, 30분 만난 남자랑 관계를 맺었다고 하면 엄마가 느낄 배신감은 어떻게 할까. 엄마는 어릴 때 떠나버린 아빠 때문에 내가 남자에 대해 트라우마를 가질 거라고 했다.

나는 성인 남성에게 공감과 위안을 받은 적이 한 번도 없었다. 나는 기억하지 못하지만, 아빠가 내가 크면 같이 지낼 거라고 나와 약속했다는데 그것도 거짓말이라고 엄마는 말했다.

"그러니까 나도 그런 경험이 있으니까 얘기하는 거고, 특별히 네가 잘못했다고 말을 꺼낸 게 아니라니까."

"네? 사장님이요?"

"그래. 내가 쓸데없는 걱정 때문에 내 인생도 망치고 남의 인생도 망쳤기 때문에 다른 사람들은 그렇게 되지 말라고 차린 회사니까."

"저희 회사가요? 돈이 목적이 아니고요?"

"그래. 걱정보험 주식회사는 개인적인 회개가 목적이라고."

"네? 사장님 개인적인 회개요?"

모든 걱정은 자기의 잘못에서 시작된다고 사장은 말했다. 자기가 잘못한 것이 하나도 없다면 해당 내용에 대한 걱정은 애초부터 생겨나지 않는다고 했다. 그리고 남 걱정은 자신의 걱정, 즉 자신의 잘못으로부터 비롯된 걱정을 잊어버리기 위해서 하는 것이라고 조용히 덧붙였다. 사장은 무슨 잘못을 했기에 인생을 망쳤고, 걱정에 대한 논문까지 쓸 정도로 열심히 공부를 하고 회사를 차린 것일까. 그리고 누구한테 잘못을 한 것일까?

"그놈도 걱정이 많더라고."
"네? 지금 뭐라고 하셨어요?"
"어? 내가 지금 뭐라고 했나?"
"지금 그놈도 걱정이 많다고 하셨잖아요."
"내가 그랬나?"
"지금 분명 그렇게 말씀하셨어요!"
"그랬나?"
"그 남자가 걱정을 하는지 안 하는지 사장님이 어떻게 아세요!"
"어?"
"그 남자가 걱정을 하는지 안 하는지 사장님이 어떻게 아시냐고요! 혹시 찾아가셨어요?"

나도 30분밖에 못 본 생면부지의 남자를 따라갈 정도로 바보는 아니다. 연예인이란 희한한 존재다. 몇십 년 동안 알고 지낸 것처럼 느껴졌다. 물론 남자는 나를 한 번도 못 봤지만 나는 거의 매일 남자를 보고 자라왔다. 시내에 나가든 슈퍼에 가든 어디에서나 남자는 그 사람 좋은 미소를 짓고 나를 부드럽게 쳐다보고 있었다. TV에서는 남자의 친절한 태도가, 라디오에서는 남자의 자상한 목소리가 흘러나왔다. 그렇게 대한

민국에 있는 모든 여자들이 몇십 년을 알고 지내는 남자였다.

　그날이 처음이었다. 사장과 내가 남의 걱정을 얘기하지 않고 서로 자신의 걱정을 이야기한 것은 처음이었다. 사장이 결혼을 한 적이 있다는 사실을 그날 처음 알게 되었다. 그리고 사장이 딸이 있다는 사실도 처음 알게 되었다. 사장의 핸드폰 화면에 있던 어린 여자아이의 비밀이 드디어 밝혀졌다. 여자아이의 사진은 항상 그 모습, 그 나이 그대로였다. 한번도 바뀐 적이 없었다. 근데 이상하게 그 아이의 모습은 마치 내가 매일 봐왔던 것처럼 익숙했다.

　사장도 남 걱정을 해주는 걱정보험 회사를 차리기 전에는 혼자서만 조용히 걱정을 하는 남자였다고 한다. 착실하게 대학을 졸업해서 대기업에 들어간 사장은 첫 회식에 참석했다. 사장은 대학을 졸업하고 장교로 군대에 갔다. 군대에 있을 때 이미 결혼을 했고 딸아이까지 있었다. 제대 후에는 국내 최고의 기업에 입사했다. 대한민국에서 세 손가락 안에 꼽히는 대학 출신이었던 사장은 회식이 끝난 후 같은 회사의 선배와 2차를 갔다. 선배는 후배가, 그것도 같은 고향에다가 같은 과의 후배가 회사에 들어왔다는 사실이 기뻤다. 그래서 3차로는 여자와 2차를 갈 수 있는 룸살롱에 데리고 갔다. 집에 가야 한다는 사장을 거의 반강제로 끌고 갔다. 사장은 자기 룸에 들어와서 선택을 기다리는 20명의 여자 중에서 결혼 전에 수줍은 미소를 짓고 있던 부인의 모습을 보았다. 육아로 지치고 화가 나 있는 부인에게서는 몇 년째 볼 수 없던 미소였다.

　그날 이후로 사장의 걱정은 시작되었다. 집에 돌아가자마자 와이셔츠는 물론 넥타이와 양복 상의까지 세탁을 했다. 걱정이 되어 새벽 3시에 넥타이와 양복 상의까지 세탁기에 넣고 돌렸다. 다 쭈글쭈글해진 양복과 넥타이를 본 사장의 부인은 도대체 남편이 왜 그런 짓을 했는지 물었다. 찔리는 것이 있었던 사장은 벌컥 화를 냈다. 사장의 부인이 세탁을 제대로 해주지 않아서 자기가 새벽에 들어와 피곤한 상태에서도 빨래를 돌렸다고 따졌다. 그 일이 있고부터 매일 싸움이 이어졌다. 사장은 부인이 매사에 자신을 의심한다고 생각했다.

지금에서야 모든 것은 자신의 하룻밤 실수로 비롯됐다는 사실을 알게 되었다. 사람은 어떤 일의 결과를 상상하면 그 결과를 초래할 만한 일을 연속해서 하게 된다. 간절히 원하면 이루어진다는 말이 나쁜 일에도 통하는 것이다. 좋은 소망은 다른 사람들도 원하기 때문에 얻기 어렵지만 나쁜 소망은 이루기가 어렵지 않다. 사람들이 별로 원하지 않는 것은 얻기 쉽기 때문이다. 사장과 부인의 싸움은 결국에는 불륜과 이혼이라는 주제로 넘어왔고, 이것은 결코 사장이 원한 결말이 아니었다. 군대 시절 오지에 파견된 6개월 사이에 아이가 생긴 축복은 사장의 부인이 남의 아이를 가졌다는 의심으로 변했다. 한 번 붙은 불은 주위의 모든 것을 태우고 나서야 꺼지는 법이다. 사장은 아이와 부인을 남겨두고 떠났고 두 번 다시 아이를 볼 수 없었다. 이혼도 서류나 대리인을 통해 이루어졌다. 사장에게 남은 것은 핸드폰에 저장해 두었던 어느 날의 딸 사진뿐이었다. 시간이 아무리 흘러도 자라지 않는 아이의 사진이었다. 가정을 꾸리고 대기업에 취직해 행복했던 기억은 그날의 사진에 멈추어 있었다.

#16
세상 모든 문제의 원인

"걱정도, 우리 인생도 결국은 우리 행동이, 행동을 하고 난 후에 드는 생각이 만드는 거야."

"네?"

"못 들었어?"

"아뇨. 들었는데. 그거 혹시 저 들으라고 하시는 건가요? 사장님."

"어?"

"저 좀 당황스럽네요."

"나는 그냥 하는 얘긴데? 나쁘게 받아들이지 마."

"제가 나쁘게 받아들일 만한 말을 하지 마셔야죠."

"나는 그냥 하는 말이라니까."

"사장님."

"어?"

"말 그냥 하지 마시라니까요."

"그, 그래."

"저 화나려고 하니까 그만 해요."

우리는 몇 달간 붙어 있었고 서로에 대한 모든 것이 밝혀지려고 하고 있었다. 그런데 이 말싸움을 마지막으로 사장은 나를 떠나버렸다. 물론 사장을 몰아붙인 내 잘못도 있다.

사장이 없어진 첫날은 아싸, 사장 없으면 어린이날! 논다! 였다. 둘째 날은 놀이공원에서 혼자 신나게 놀다 부모님을 잃어버린 아이처럼, 어라? 했고, 셋째 날은 이 사람 어디 갔지? 어디 돌아다니다가 돌려차기나 칼 맞은 거 아니야? 라는 걱정이 들었다. 넷째 날에는 아무래도 심상치 않으니 경찰에 신고해야겠다는 생각이 들었다. 드라마를 너무 많이 본 탓인지 경찰에 연락하기 전에는 증거라도 확보하고 연락해야 한다는 생각에 사장의 책상을 뒤졌고, 거기서 의외의 메모를 발견했다.

사장은 나를 이해하기 위해 읽던 청소년 관련 책 표지에 포스트잇으로 떡하니 나에게 메모를 남겨두었다.

'니가 이걸 뒤져볼 줄 알았다'라는 짜증 나는 말과 함께 업무 비밀이라는 거창한 제목을 단 편지가 한 통 있었다.

편지는 이렇게 시작한다.

우리야, 나를 찾으려고 하지 마. 나는 우주로 떠난다.

그러고 보니 너를 이름으로 부르기는 처음이네? 내 영업비밀은 편지에 다 적어놓았다.

우리 인생도 결국 우리의 생각이 만드는 거란다. 세상의 모든 걱정도 결국 자기 자신이 시작하는 거야. 시작을 자기가 했으면 끝도 자기가 끝내야 되겠지? 걱정이 시작되는 건 어쩔 수 없어. 하지만 오직 자신만이 그 걱정을 끝낼 수 있어. 방법은 간단해.

과거와 미래에 빠지지 말고 오늘에 집중하면 돼. 지난 일로 고민하고 나중에 닥칠 위험만 생각하면 아무것도 못 한단다. 왜 어제 한 설거지랑 내일 할 설거지까지 걱정해? 그냥 오늘 설거지가 쌓이거나 방이 더러우면 청소하면 돼.

그리고 좋은 일에만 집중해. 세상일 90퍼센트는 다 잘 돌아가고 항상 10퍼센트만 문제가 생겨. 10퍼센트에 집중하지 말고 90퍼센트에 집중하면 걱정할 게 없어져.

또 네가 가진 게 불충분하다고 생각할 수 있어. 근데 이렇게 생각하는 한, 세상의 모든 걸 다 가진다고 해도 마음은 차지 않아.

나는 네가 부러워. 아직 시간이 많고 지금 시작한다면 무슨 일이든 다 해낼 수 있으니까. 저 멀리 흐릿하게 보이는 목표를 좇기보다는 지금 눈앞에 보이는 일을 하나씩 해 나가면 돼. 오늘 할 일에 최선을 다하는 게 멀리 떨어져 있는 목표에 다가가는 유일한 방법이야. 지금부터 죽을 때까지 몇 번의 설거지를 해야 하고 몇 번이나 청소를 해야 할까? 그걸 지금부터 생각하면 집안일에 깔려 죽을 거야. 그냥 오늘 할 설거지와 청소만 생각하면 돼.

우린 잊어버려야 하는 하찮은 일 때문에 걱정하고 괴로워해. 하지만 잘 생각해 봐. 너나 나나 앞으로 고작 몇십 년밖에 살지 못해. 그리고 나이 드는 것도 걱정하지 마. 나이가 들면 어렸을 때만큼 행복을 느낄 순 없지만, 행복의 크기가 줄어든 만큼 상처의 크기도 줄어드니까.

행위는 감정을 따르는 것같이 보이지만 실제로 행동과 감정은 동시에 일어나. 그러니까 의지로 통제 가능한 행동을 제어하면 감동도 제어할 수 있는 거야. 기분이 나쁠 때 즐겁다고 말하고, 웃으면 감정이 즐거워지기도 하니까. 한 번 해봐. 그리고 항상 즐겁게 살길 바라.

어디서 주워들은 인생 강의에 이어 고객, 즉 다른 사람들을 대처하는 방법도 적혀 있었다.

〈고객 응대원칙〉

걱정하는 사람들은 그냥 진실된 태도로 말만 들어주면 다 계약을 맺어주게 되어 있다. 정직한 사람들은 진실을 들을 준비가 된 사람이 원하는 일을 해주게 되어 있으니까. 하지만 주의해야 할 건 거짓말을 하는 사람들이란다. 이런 고객들만 조심하면 돼. 적극적으로 거짓말을 하는 사람도 문제지만, 진실을 숨기고 타인을 대하는 소극적인 거짓말쟁이들이 더 큰 문제가 될 수도 있어.

상대의 거짓말을 알아내는 방법은, 아주 쉽다.

거짓말은 많은 사람들이 쉽게 빠지는 매우 나쁜 버릇이란다. 진실을 말하지 않기 위해서 거짓말을 하는데, 인간이 살아남기 위해 하는 일이라 생각한다. 불행하게도 많은 사람들은 이런 속임수를 알아내지 못한다. 하지만 몇 가지 간단한 사항으로 거짓말인지 아닌지 알아낼 수 있으니 잘 들어. 제대로 된 질문을 던지고서 상대의 몸의 움직임을 주시해서 살펴봐라.

먼저, 상대의 얼굴 표정을 살펴봐. 얼굴은 그 사람이 어떤 생각을 하는지 드러나는 장소다. 행복하거나 슬픈 기억이 쌓이면 결국 얼굴에 나타난단다. 거짓을 말해도 미세한 표정이 아주 짧은 순간에 나타나지.

둘째, 상대와 길게 눈을 맞춰 봐. 거짓말을 하는 사람은 눈을 맞추지 못하거나 오히려 자신의 진실성을 과장하기 위해 너무 오랫동안 눈을 맞춘단다.

셋째, 상대의 바디랭귀지를 살펴봐야 해. 거짓말을 하는 사람들은 대개 손으로 코를 만지거나 머리를 빗거나 양말을 당기거나 옷을 당기거나 땀을 닦지. 똑바로 앉지 못하는 경향도 있고. 왜냐하면 거짓말을 하고 있는 상황이 별로 편안하지 않거든. 그래서 무의식적으로 그런 행동이 나온단다.

넷째, 기본선을 만들어 봐. 타인과의 관계에서는 먼저 기본선을 결정할 필요가 있단다. 기본선이란 그 사람이 보통의 환경에서 어떻게 행동하는가를 말한단다. 이미 답을 알고 있는 아주 간단한 질문을 해서 선을 정하면 돼. 사람들은 대개 이런 질문에는 진실 되게 답변하지. 이런 답변들로부터 기본선을 정하면 돼. 그 기본선을 넘어가는 말과 행동들은 거짓이 많아.

다섯째, 휴지기를 알아차려야 해. 진실을 덮기 위해 거짓말을 할 때면 대화에서 긴 휴지기를 가진다는 것을 알 수 있지. 왜냐하면 인위적인 행동을 연속적으로 하기 위해 시간이 필요하거든. 준비되지 못한 질문에 답하려면 뭔가 꾸며내야 하거든.

여섯째, 상대가 자주 땀을 흘리는지 확인해 봐. 영화에서 범인들이 땀을 흘리는 것을 봤을 거야. 땀을 흘리는 것은 스트레스 상황에서 생기는 현상이란다. 뭔가를 숨기면 거짓말에 거짓말을 거듭해야 하고, 이건 진짜 24시간 스트레스받는 일이거든.

일곱째, 거짓말을 하는 사람들은 이야기에 일관성이 없어. 네가 들은 이야기에서 아주 약간의 의심이 있더라도 그 사람에게 다시 반복해서 말해 달라고 해봐. 물론 약간의 시간을 두고 다른 주제로 토론한 후에 다시 물어봐야겠지. 거짓말을 할 때는 기존에 말했던 거짓말에서 미세한 일들을 덧붙이거나 없애는 일을 피하기 힘들어. 실제로 겪은 일이 아니니까.

여덟째, 거짓말쟁이들은 자신이 정직하다고 반복해서 주장해. 자신의 진술을 정당화하기 위해 반복해서 강조하는 경향이 있지. '나를 믿어줘' '정말이야' 같은 말이야. 자기가 한 이야기에 뭔가 문제가 있다는 표시이

기도 하지. 보통 사람들은 이런 표현을 자주 반복해서 쓰지는 않거든.

아홉째, 과도한 입술 빨기. 과도하게 자신의 입술을 빤다면 정직하지 못하다는 표시란다. 긴장이 너무 되면 반복된 행동이 나오는 법이지.

열째, 거짓말쟁이들은 목소리나 톤을 변화시켜. 목소리의 음성이나 톤을 잘 들어봐. 말하는 속도가 빨라지거나 느려지는지 들어봐. 말을 더 듬거나 속으로 웅얼거리는 것도 하나의 표시란다.

마지막으로 자신의 행동을 돌아보는 것도 중요해. 위에서 말한 10가지 행동 중에 하나라도 자신이 했다면 자신이 거짓말을 하고 있는지 의심해 봐. 자신이 심어놓은 거짓이 상대와의 인터랙션을 거쳐 걱정으로 돌아온 것일 수도 있어. 걱정을 멈출 수 있는 방법은 단 한 가지뿐이란다. 진정으로 자신의 잘못을 사과하고 두 번 다시 잘못을 되풀이하지 않는 방법뿐이지. 그리고 명심해. 인생은 짧아. 걱정이나 하고 앉아 있을 시간이 없단다. 걱정하고 있을 만큼 우리 인생은 길지 않단다. 걱정 말고 한 번뿐인 인생을 즐겨.

자기 걱정을 끝낼 수 있는 사람은 자기 자신뿐이란다.

나는 여기까지 읽고 사장의 행동 하나하나를 복기하기 시작했다. 먼저 기분이 나빴다. 지가 뭔데 조언 질이야. 그리고 내가 남자한테 당했다고 뭔 거짓말쟁이 분류법을 지껄인 것도 기분이 나빴다. 내용도 어디서 주워들은 내용들만 있고. 또, 손 편지가 뭐래? 촌스럽게. SNS 세상에. 근데 사장의 행동이나 말 하나하나를 생각하면 할수록 이 아저씨랑 나랑은 죽을 때까지 엮이겠구나, 하는 예감이 들었다. 나는 이렇게 소리를 내서 혼잣말하며 사장의 편지를 세 번 반듯하게 접어 지갑에 넣었다.

지갑에 편지를 넣으며 어차피 지폐 들고 다닐 일도 없어서 지갑이 허전했는데 잘됐네, 라고 나는 다시 소리를 내서 말했다.

이 아저씨는 이번에도 가장 쉬운 선택을 했다. 관계가 파탄이 나든 회복이 되든 정면으로 맞서서 싸워 보기보다 다시 도망가 버리는 길을 택했다.

사장은 갑자기 자신만의 우주로 떠났고, 나는 또 한 번 혼자, 우리라는 별에 남겨졌다. 그동안은 몰랐는데 사장과 함께 티격태격할 때는 하지 않았던 걱정들이 혼자가 되니, 다시 시작되었다. 그래서 나는 사장이 돌아올 때까지 사무실을 지키며 기다리기로 했다. 미리 낸 사무실 월세가 아까워서, 다음 월세를 낼 때까지만이라고 소리를 내서 스스로에게 말해 주었지만, 뺨을 타고 흘러내리는 눈물은 멈추지 않았다.

걱정보험 주식회사

초판 1쇄 인쇄 2024년 11월 07일
초판 1쇄 발행 2024년 11월 15일
지은이 한성규

펴낸이 김양수
책임편집 이정은
교정교열 연유나

펴낸곳 도서출판 맑은샘
출판등록 제2012-000035
주소 경기도 고양시 일산서구 중앙로 1456 서현프라자 604호
전화 031) 906-5006
팩스 031) 906-5079
홈페이지 www.booksam.kr
블로그 http://blog.naver.com/okbook1234
페이스북 facebook.com/booksam.kr
이메일 okbook1234@naver.com

ISBN 979-11-5778-674-9 (03800)

* 이 책은 저작권법에 의해 보호를 받는 저작물이므로 무단전재와 무단복제를 금지하며, 이 책 내용의 전부 또는 일부를 이용하려면 반드시 저작권자와 도서출판 맑은샘의 서면동의를 받아야 합니다.

* 책값은 뒤표지에 있습니다.

* 파손된 책은 구입처에서 교환해 드립니다.

* 이 책은 울산광역시, 울산문화관광재단 '2024년 예술창작활동 지원사업'의 지원을 받아 발간되었습니다.

맑은샘, 휴앤스토리 브랜드와 함께하는 출판사입니다.